新潮文庫

流転の海 読本

堀井憲一郎著

新潮社版

11434

本書の使い方

本書は宮本輝『流《る》転《てん》の海』シリーズのためのガイドブックです。

『流転の海』は三十年以上かけて書き継がれた全九巻の壮大な物語です。

たまたま縁あって私は本シリーズ文庫本第七部の解説を書かせていただきました。そのおり「さくいん」を作成するために、おもだった登場人物のリストアップや年齢早見表などを作りました。この壮大な物語をとらえるためには、やはり自分の記憶だけではむずかしかったからです。

第九部『野の春』も文庫に入り、全巻が新潮文庫で読めるようになったいま、この長い物語の全貌《ぜんぼう》をとらえやすくするために「おもだった登場人物」を紹介し、さくいんで調べられるようにしたらどうか、ということになり、この本が作られました。

『流転の海』シリーズ全九巻には、膨大な数の人が出てきます。

数え方にもよりますが、中心人物に関わった人の数はおそらく千五百人を超えているとおもいます。小説史上、屈指の人数だとおもわれます。

そうなるとすべての人を覚えているというのは、なかなか難しいことになってきます。

「あなたは、どちらさまだったでしょうか」と小説を読みながら、ふと、小さい声を出してしまうこともあるかもしれません。

そういう方のため「さくいん」を用意してあります。読んでいるときに「あなた、どちらさま」とおもったときは、「さくいん」から人物を探してください。物語中で、下の名前でも呼ばれた人は、そちらでも引けるようにしてあります。「松坂伸仁」は、「まつざかのぶひと」でも「のぶひと」でも引けます。

詳しく取り上げたのは、三百八十八人。

まず複数巻にわたって登場する人物を取り上げています。

また単巻でしか登場していなくても、主人公たちに大きく関わる人は取り上げています。回想でしか出てこない過去の人たちも本物語の重要な登場人物ですから、取り上げております。絞ったつもりですが三百五十人を超えました。

この人たちは、一巻から順にその人が初めて登場する巻で紹介していますので、すでに全巻読み終わられた方はただ読むだけでもいろんなシーンをおもいだすことができるでしょう。

もうひとつ「何度も登場しないが、印象に残る人たち」も別に取り上げました。これは文字通りあまり出てこないがとても強く印象に残った人たちです。九十七人取り上げています。

この小説の凄《すご》みは、こういう「一瞬すれちがうような関係しかなかった人たち」を、リアルに深く描いているところにあるとおもいます。現実世界と同じように、自分とはほんの少ししか関わらなかった人たちにも深い人生があり、みんな傾斜の途中にいるのだ、ということをしみじみとわからせてくれるとても大事な人たちでもあります。すべてを取り上げられませんでしたが、可能なかぎり紹介しました。

『流転の海』シリーズの世界は、とても宏大《こうだい》で力強く、とてもリアルで生き生きとしています。細部にとても心配られた物語だからこそ作り上げられたひとつの世界だとおもいます。

　おそらく一人ですべてを記憶することはむずかしそうなこの長大なドラマをより楽しむため、事典的にも、備忘のためでも、ただの懐古のためでも、当書をお使いくだされば幸いです。

　このシリーズは本来、第○部と、「巻」ではなく「部」を単位としていますが、本書では厳密に使い分けをしていません。三巻、八巻などと表記していますが、それぞれ第三部、第八部と読み替えていただければ幸いです。また、○巻○○頁《ページ》などとあるとき、その頁数は文庫のものです。

堀井憲一郎

目次

図版作成・インフォルム

流転の海　読本

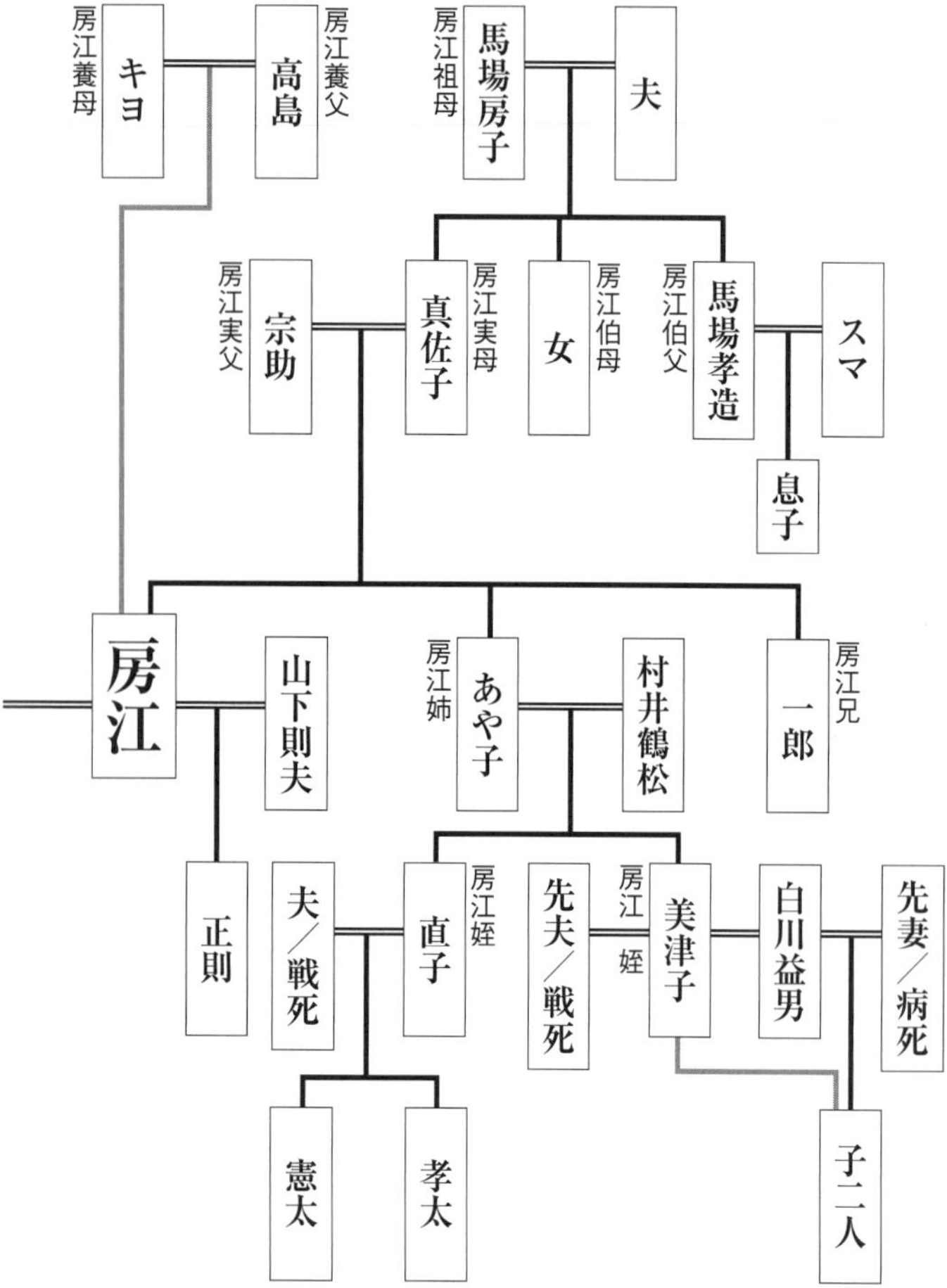

房江養母
キヨ
高島
房江養父
房江祖母
馬場房子
夫
房江実父
宗助
真佐子
房江実母
女
房江伯母
房江伯父
馬場孝造
スマ
息子
房江
山下則夫
房江姉
あや子
村井鶴松
一郎
房江兄
正則
夫／戦死
直子
房江姪
先夫／戦死
房江姪
美津子
白川益男
先妻／病死
憲太
孝太
子二人

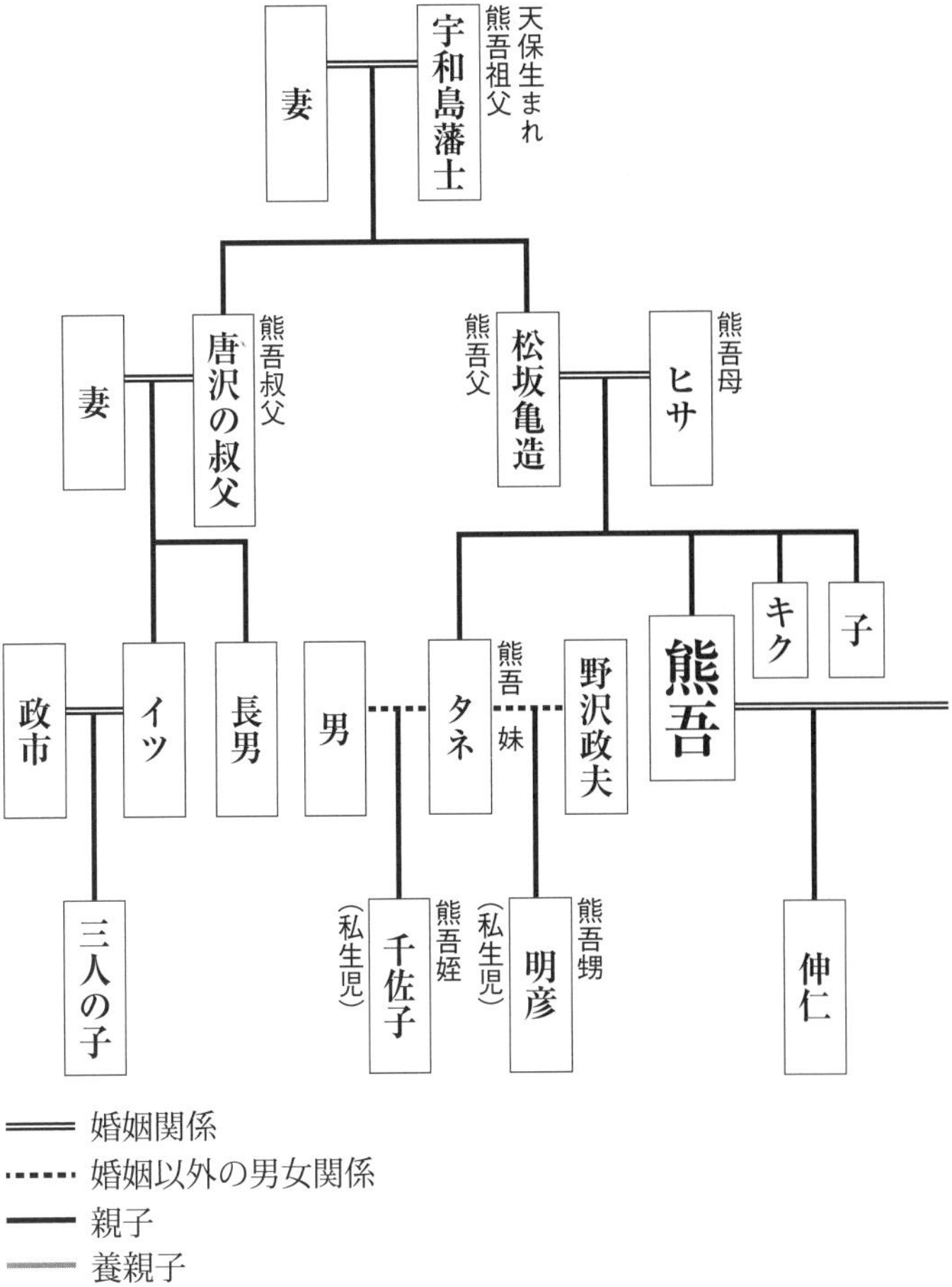
妻
宇和島藩士
熊吾祖父
天保生まれ
妻
唐沢の叔父
熊吾叔父
熊吾父
松坂亀造
ヒサ
熊吾母
政市
イツ
長男
男
タネ
熊吾妹
野沢政夫
熊吾
キク
子
三人の子
(私生児)
千佐子
熊吾姪
(私生児)
明彦
熊吾甥
伸仁
婚姻関係
婚姻以外の男女関係
親子
養親子

「流転の海」の舞台
大阪・尼崎・神戸広域図

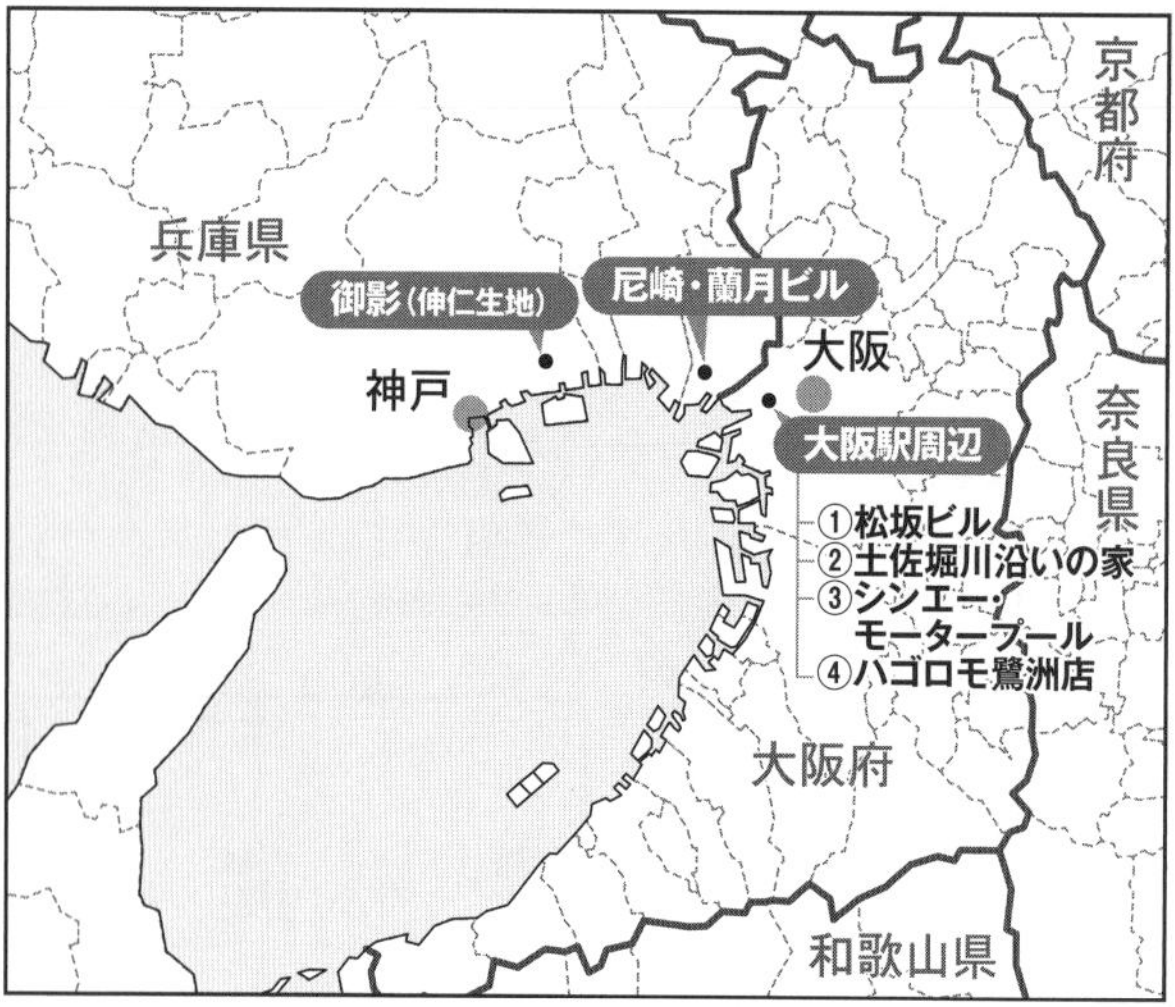

「流転の海」の舞台
蘭月ビル周辺図（『第五部　花の回廊』）

「流転の海」の舞台
神戸・御影の伸仁生地周辺図（『第一部　流転の海』）

「流転の海」の舞台
大阪福島、中之島、御堂筋周辺図(『第三部、第六～第九部』)

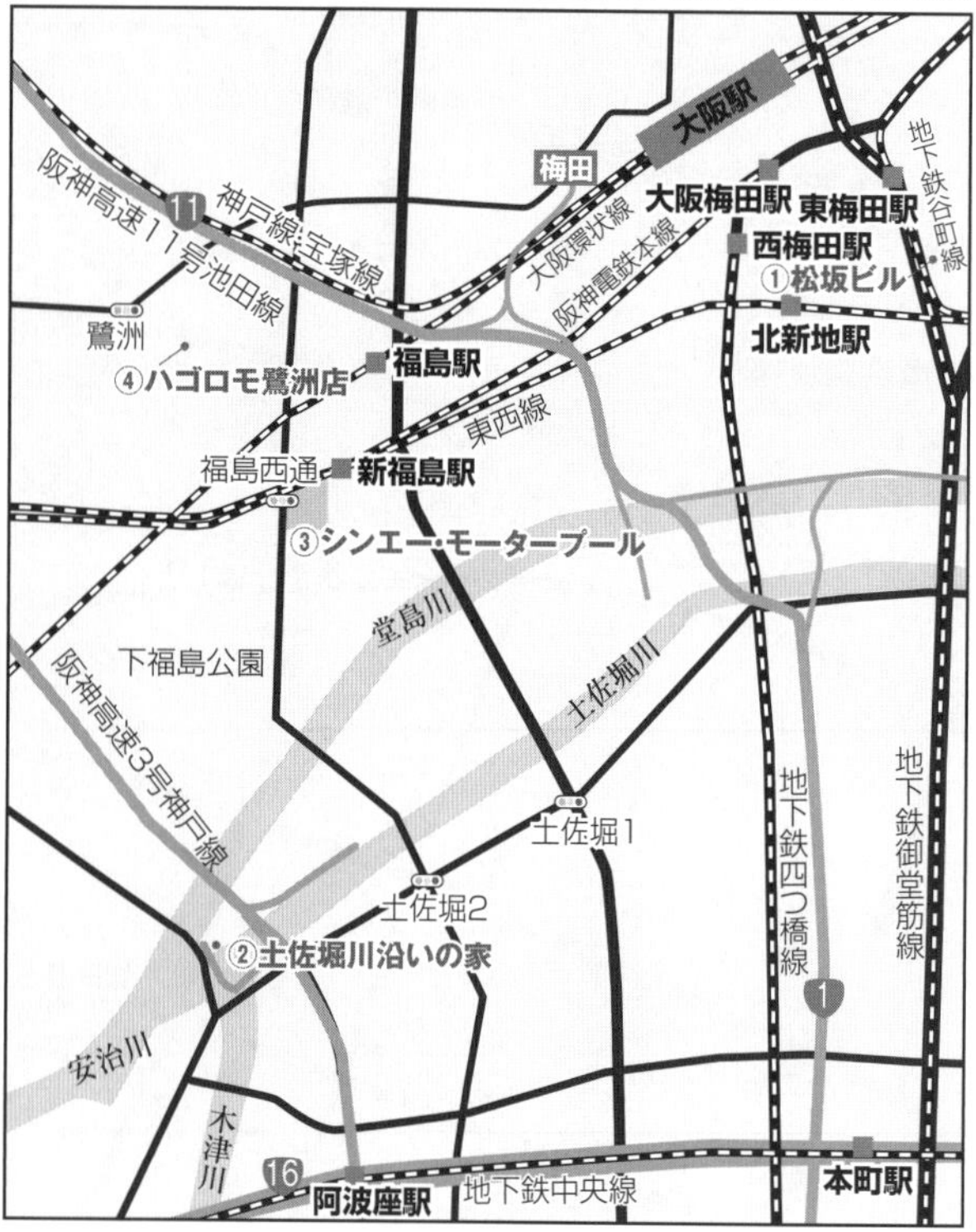

「流転の海」の舞台
四国広域図（『第二部　地の星』）

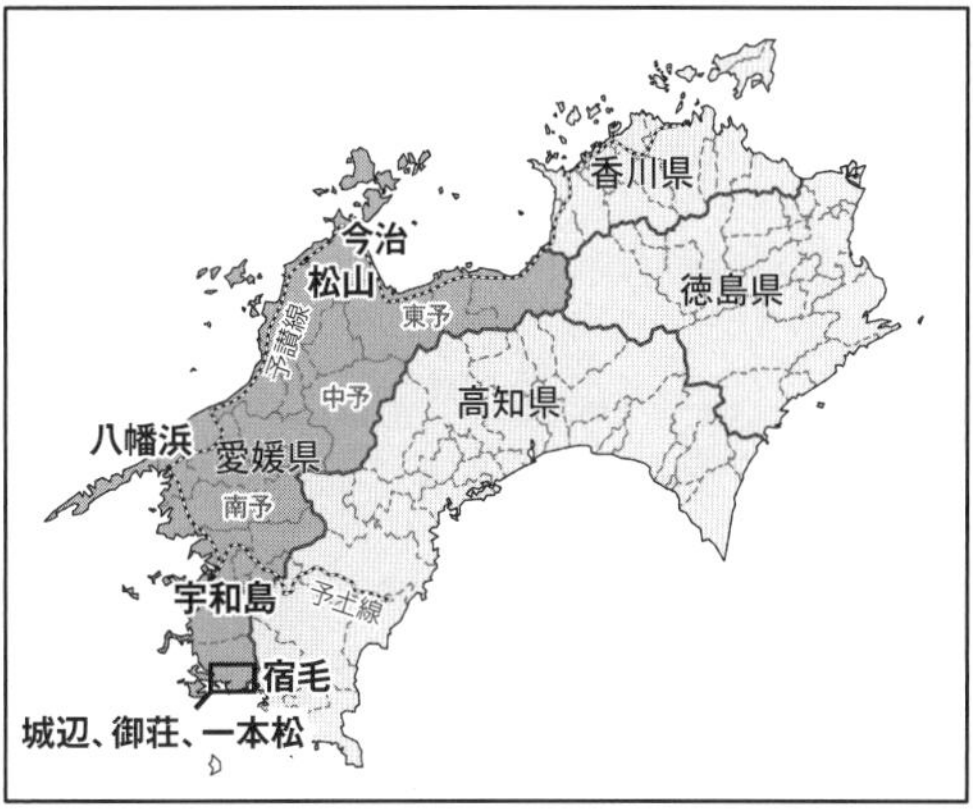

「流転の海」の舞台
南予・城辺、御荘、一本松周辺図（『第二部　地の星』）

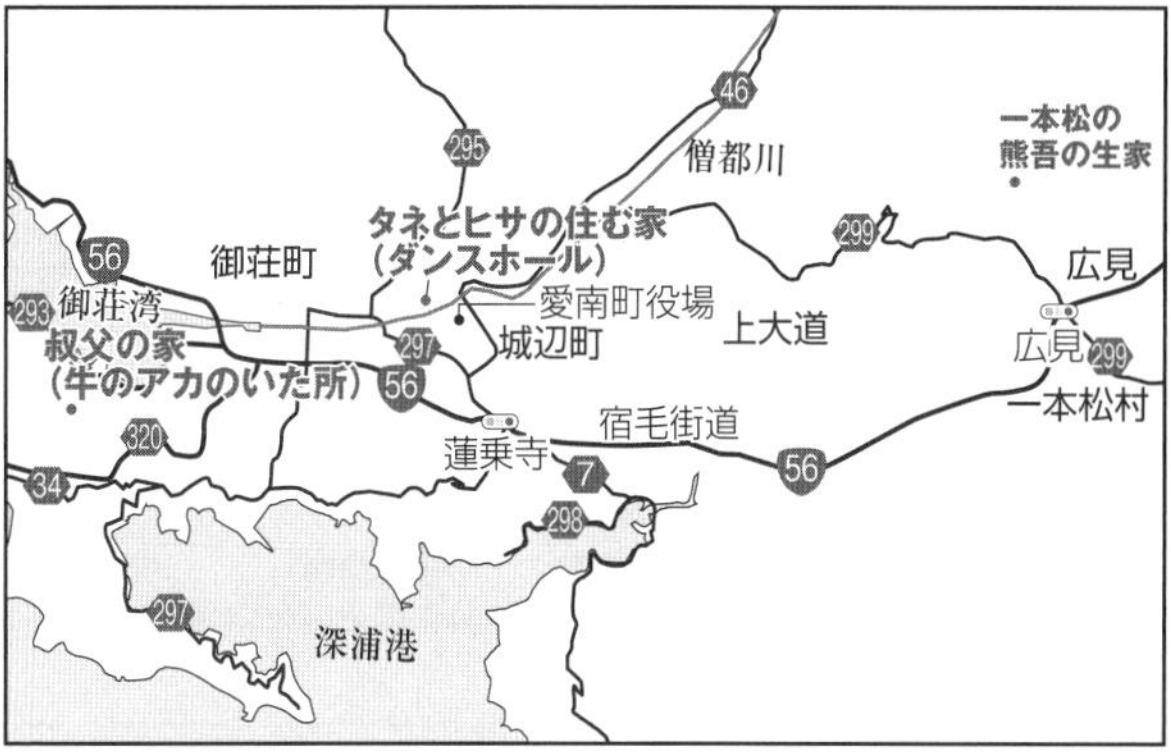

「流転の海」の舞台
富山広域図（『第四部　天の夜曲』）

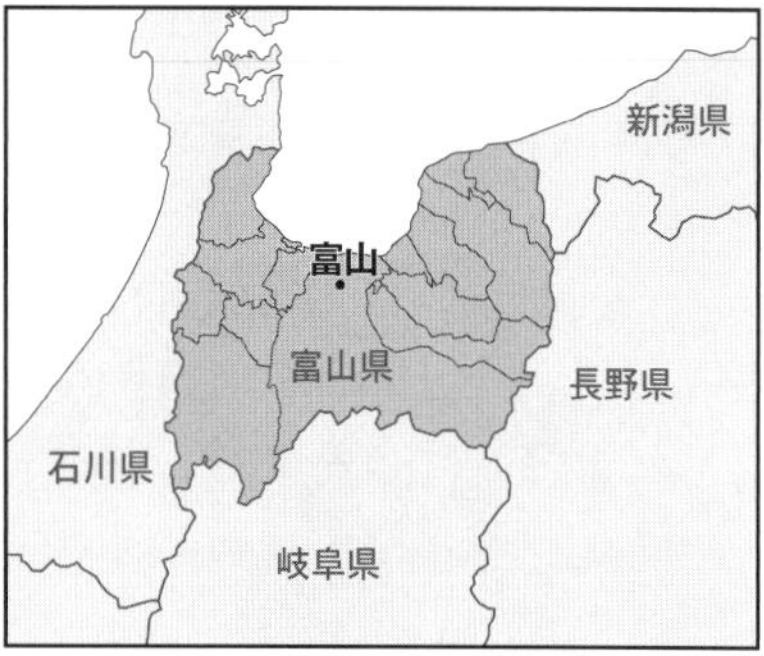

「流転の海」の舞台
富山市街図（『第四部　天の夜曲』）

「流転の海」の舞台
尼崎・蘭月ビル見取図（『第五部　花の回廊』）

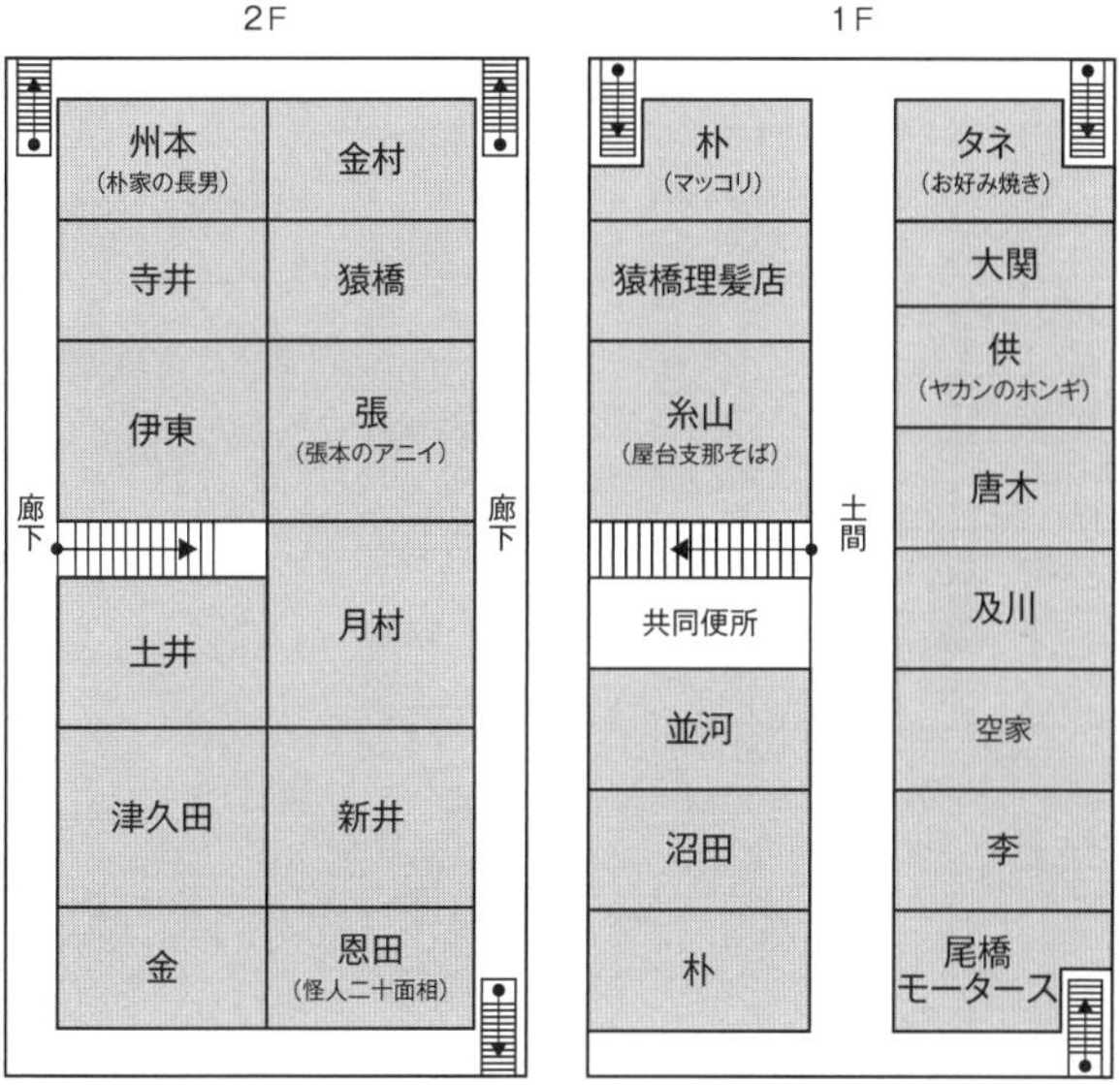

松坂熊吾《まつざかくまご》の前半生

昭和二十二年三月、松坂熊吾五十歳の春からこの物語は始まる。

五十歳までの熊吾の人生はどういうものだったか、途切れ途切れに紹介されるその前半生を追ってみる。

熊吾は明治三十年（一八九七年）の二月、愛媛県の南宇和郡一本松村に生まれた。父の亀造《かめぞう》三十歳のときの子供である。母はヒサ、姉にキク、妹にタネがいる。

熊吾が七歳のとき、明治三十七年（一九〇四年）、日露戦争が始まる。

その年、父・亀造の知り合いの葬式が北裡《きたうら》であり、その葬式の最中に野《の》壺《つぼ》に落ちてしまい、亀造がその家（桑田家）に怒鳴り込む。それから四十七年ののち、熊吾の子・伸仁《のぶひと》が同じ野壺に落ちて熊吾が怒鳴り込むことになる。

姉のキクが十七で死に、その葬列の先頭を歩きたがる少年の熊吾が、きょうは、いばってはいけない日だと父の亀造に諭されたのもこの七歳か、八歳、明治三十七、三十八年のころであった。

明治三十八年（一九〇五年）、八つのとき、日露講和条約にて日露戦争が終わった。陸の孤島のような南宇和島の一本松村でも「日露戦争の勝利を祝う提灯《ちょうちん》行列は三日も四日もつづいたもんじゃ。なんやらいろんなものが役場からふるまわれて、八つのわしは両手に持ち切れんほどの紅白の餅《もち》を持って、わけがわからんままに提灯行列に加わったもんよ」。

明治四十三年（一九一〇年）、十三歳になり、七つ違いのおうめちゃんが二十で死に、世界が美しく、自分が醜いと感じる思春期が始まったと熊吾は懐古する。ちなみに房《ふさ》江《え》が生まれたのはこの年、明治四十三年である。

その翌年、明治四十四年（一九一一年）、十四歳になっていた熊吾は広見の日枝《ひえ》神社で上大道《わうどう》の伊佐男《いさお》と相撲を取り、左膝《ひざ》を怪我《けが》させてしまった。そのまま去った伊佐男の怪我を熊吾は感づいていなかったが、それはそれから四十年経《た》ち、南宇和島へ熊吾が戻ったおり、やくざとなっていた伊佐男にからまれるもととなる。

十六歳のとき、大正二年（一九一三年）、隣家の暴れ馬クリにちょっかいを出し、左手の小指の先を食いちぎられてしまう。仕返しとしてクリの足を打ち折った。また、村の大地主が飼っていた土佐犬・リーの口の中へ火のついた薪《まき》を突っ込んだこともある。村でも名うての悪たれであった。

十七歳（大正三年＝一九一四年ころ）のころの熊吾は、「一本松村大字広見っちゅう自分の在所がいやでいやで、いつどうやって家を出て大阪へ行こうか」とばかり考えていた。「近在の、おんなじ年頃の連中とケンカばっかりして、警察の厄介になったりもし」、それで縁戚《えんせき》の警官に説教されたりしたと回想している。

大正四年（一九一五年）、同じ一本松村のひとつ下の貴子《たかこ》（杉野《すぎの》貴子）が許婚《いいなずけ》だと知った熊吾は、彼女としめしあわせて、大阪へと駆け落ちした。熊吾が十八歳、貴子は十七歳である。おそらく夏の終わりころだろう。そのまま大正区の雑貨屋の二階に住み、セメント工場での激しい肉体労働に従事した。二か月後に父の亀造がやってきて来年春に祝言《しゅうげん》をあげろと言われたが、しかし春を待たずに貴子は感冒で死んでしまった。

ちなみに駆け落ちの前日、まむしに咬《か》まれた一本松の喜《き》助《すけ》のじいさまの末の子を熊吾が手当をして一命を助けた。喜助のじいさまはそれをずっと感謝している。

貴子の死後、熊吾はそのまま大阪に残り、飛田《とびた》界隈《かいわい》の安宿を転々とし、飛田遊郭でずっとくすぶっていたが、翌々年大正六年（一九一七年）の正月になり南宇和の一本松村へ帰った。その二月に満二十歳となり徴兵検査を受け、甲種合格、朝鮮の龍山へ行くことになり、近衛《このえ》聯隊《れんたい》の兵として軍務に就いた。

二年後、大正八年（一九一九年）に「現役を終えて故郷に帰って来たときは、伍長《ごちょう》勤務上等兵の肩書」がついていた。「何万という龍山駐屯兵の中でも一、二を争う成績の者にしか与えられない階級」であり、故郷の者たちは賞賛の目で見るようになった。時に二十二歳。

帰国後半年というから、おそらく大正八年中に、熊吾は再び大阪へ出る。

「必ずひと旗あげてやるぞ」と固く決心しての上阪であった。

どういう仕事をしていたのか、そこは具体的には書かれていない。いろいろと苦労したのだろう。

二十五歳で最初の結婚（実質的には二度目）をしている。

大正十二年（一九二三年）、熊吾二十六歳のおり、父の亀造が日射病で死んだ。五十六歳だった。

父の死後、大阪で事業を興《おこ》すための資金に窮して、南宇和島の一本松の先祖伝来の生家を売り払った。母ヒサが夫が死んで三回忌も済まないうちに、五十三にもなって男を引き込んだので生家を売ったと言っている。三回忌より前だから、大正十三年から大正十四年のことである。二十七歳から二十八歳ころ。

そのころ「自動車の部品業務」の事業を始めた。

ただ熊吾は、商売を始めて一年目に借金を作りすぎて夜逃げをした。城崎《きのさき》温泉から二里ほど日本海寄りの小さな村で一年間身を隠していた。そのときに「偽《にせ》医者」をやった。

それを愛人の美根子に話したのは昭和二十四年の正月、「二十数年前」のこととしている。大正十五年（年末だけ昭和元年）から昭和二年のころ、一九二六年から一九二七年だろう。熊吾は二十九歳から三十歳である。破傷風の少女を死なせてしまい、大阪へ戻る。

三十歳を越えて再び大阪へ戻り、捲土重来《けんどちょうらい》を期す。

それから五年。

昭和七年（一九三二年）には、自動車が日本中の道路を走りまわる時代が来るのを予見して、淀屋《よどや》橋《ばし》のビルの二階に、「日刊自動車新聞」という業界紙を発行する会社を設けた。わずか一年のあいだに十八万部という異例の発行部数を誇るようになる。ときに三十五歳。

中国との貿易も始める。これもおそらく昭和七年から中国との戦争が始まる昭和十二年（一九三七年）まで続く。「五年のうち半分は上海《シャンハイ》で暮らしたようなもんじゃ」

熊吾の前半生

1897	明治30年	誕生	松坂亀造・ヒサ夫妻の子として2月に誕生
1898	明治31年	1歳	
1899	明治32年	2歳	
1900	明治33年	3歳	
1901	明治34年	4歳	
1902	明治35年	5歳	
1903	明治36年	6歳	
1904	明治37年	7歳	日露戦争開戦。このころ桑田家の野壺に落ちる
1905	明治38年	8歳	このころ姉のキクが17歳で死ぬ。日露戦争に勝利
1906	明治39年	9歳	
1907	明治40年	10歳	
1908	明治41年	11歳	
1909	明治42年	12歳	牛のアカが死ぬ
1910	明治43年	13歳	20歳のおうめちゃんが死に、熊吾の思春期が始まる
1911	明治44年	14歳	上大道の伊佐男と相撲を取り、膝を怪我させる
1912	明治45年／大正元年	15歳	
1913	大正2年	16歳	隣家の馬クリに小指を食いちぎられる
1914	大正3年	17歳	一本松村がいやで、ケンカばかりしていた
1915	大正4年	18歳	許婚の貴子と大阪へ駆け落ち。暮れ、感冒で貴子死去
1916	大正5年	19歳	
1917	大正6年	20歳	徴兵され、朝鮮の龍山で近衛聯隊の兵として軍務に就く
1918	大正7年	21歳	
1919	大正8年	22歳	伍長勤務上等兵へ出世して帰国。大阪へ出る
1920	大正9年	23歳	
1921	大正10年	24歳	

1922	大正11年	25歳	最初の結婚
1923	大正12年	26歳	父亀造死去
1924	大正13年	27歳	このころ先祖伝来の生家を売り大阪で事業を興す
1925	大正14年	28歳	
1926	大正15年／昭和元年	29歳	このころ事業に失敗し城崎温泉の奥の村で偽医者をやる
1927	昭和2年	30歳	
1928	昭和3年	31歳	
1929	昭和4年	32歳	
1930	昭和5年	33歳	
1931	昭和6年	34歳	
1932	昭和7年	35歳	日刊自動車新聞を創刊。中国との貿易も始める
1933	昭和8年	36歳	
1934	昭和9年	37歳	日刊自動車新聞を乗っ取られる
1935	昭和10年	38歳	上海で暮らし、中古車部品業を拡げる
1936	昭和11年	39歳	
1937	昭和12年	40歳	40歳にして徴兵される。松坂商会は活況を呈している
1938	昭和13年	41歳	
1939	昭和14年	42歳	松坂商会を閉める
1940	昭和15年	43歳	
1941	昭和16年	44歳	神戸の御影に屋敷を買い、房江と結婚する
1942	昭和17年	45歳	
1943	昭和18年	46歳	
1944	昭和19年	47歳	秋に南宇和へ疎開
1945	昭和20年	48歳	
1946	昭和21年	49歳	御影に戻る
1947	昭和22年	50歳	松坂商会を再開する。長男・伸仁が生まれる

ただ昭和九年（一九三四年）ころ、運転手付きの最新自動車を熊吾に提供していた大手自動車メーカーが幾人かの社員も出向させ「日刊自動車新聞」が乗っ取られる。昭和十年（一九三五年）秋から昭和十一年春まで上海に部屋を借りて暮らしていた。三十八歳から三十九歳。上海で中古車部品業を拡《ひろ》げ始めた。

昭和十二年（一九三七年）夏まで、松坂商会は乗用車やトラックの車輛《しゃりょう》とか、ベアリングやフライホイルといった自動車部品を中国に輸出する事務所兼倉庫として活気を呈していたが、中国との戦争が始まった。

しかも熊吾は四十歳なのに、日本陸軍伍長として徴兵された。中国に渡ってすぐに軍曹に昇進。満州東部で野戦を繰り返した。部下の菓子職人兵が死んだ十日後、砲弾の破片を背中と足の甲に受けて重傷を負う。軍医に頼み込み、小倉の陸軍病院に送還された。半年間、陸軍病院で療養し、兵役不能とみなされ、郷里へ送還された。

昭和十四年（一九三九年）五月、社員も次々と徴兵され、松坂商会を閉めることになり、最後に社員旅行で加賀温泉に行った。井《い》草《ぐさ》正之助《しょうのすけ》によると、この時代に毎日、松坂商会は確実に四十万円の純利益を出していた。

御影《みかげ》の弓木町《ゆみのきちょう》に屋敷を買ったのは昭和十六年（一九四一年）の夏ごろ、二か月くらい経った秋に、男が関《せき》の孫六《まごろく》を売りに来た。この年、房江と出会い、結婚している。

戦争になり、空襲を受けるようになると昭和十九年（一九三四年）の秋に熊吾は南宇和島へ疎開《そかい》した。ときどき大阪へ出て、手なずけてあった軍の将校からタイヤを払い下げてもらってそれを金に換えていた。

昭和二十一年（一九四六年）、終戦の翌年に疎開先から神戸に戻った。

房江の前半生

『流転の海』では熊吾の妻、伸仁の母、房江の人生も描かれている。

物語が始まる昭和二十二年（一九四七年）で、房江は結婚六年目、満三十六歳で伸仁を出産している。

物語までの房江の半生を振り返ってみる。

房江の生まれは明治四十三年（一九一〇年）である。

ちなみに、彼女は年末生まれなので（第二部五四頁《ページ》で去年＝昭和二十五年の「暮に満四十歳になった」とある）、単純計算の満年齢になるのはその年の終わりだけである。一九一〇年生まれだから、一九一一年に一歳なのだけれど、でも実際に一歳になるのは年末の短い時期だけで、一九一一年のほとんどを〇歳で過ごす。一九一二年のほとんどを一歳で過ごす。

房江の前半生は、かなり過酷である。

生母の真佐子《まさこ》は、房江が一つになる前に亡《な》くなった。享年《きょうねん》三十六。子宮癌《がん》だったのではないか、と兄の一郎が後年語っていた。明治四十四年に亡くなったことになる。

房江には兄と姉がいる。兄一郎が十六歳上、姉あや子が十二歳上である。

兄の一郎は明治二十七年生まれ、姉のあや子が明治三十一年生まれになるだろう。

父の宗助《そうすけ》は名高い放蕩者《ほうとうもの》で、上の二人の子が生まれたあと、妻子を残して、よその人妻と恋仲になって七年のあいだ姿をくらましていた。母の真佐子はそれでも里には帰らず子供を育てていたが、宗助は七年たってふらりと戻ってきて、真佐子を孕《はら》ませて房江が生まれた。

明治四十四年、生母が死んだとき、房江を養女にくれないかと、子供のいない近所のパン屋夫婦が申し出てきた。父の宗助はあっさり受け入れ、自分は上の二人を連れてまた別の女性と再婚して岡山に行ってしまった。

房江は、もらわれた高島《たかしま》家の娘として育った。旧姓は高島房江だったのだとおもわれる。

六歳になったときに、養父母に実の子供が出来た。そして、その子が生まれて三か月もたたないうちに、養父が肝臓癌で死んだ。大正六年（一九一七年）のことになる。

パン屋・高島ベーカリーも閉められ、高島家は日々の生活にも困るようになった。

大正七年春、尋常小学校二年になったばかりだった房江は学校をやめさせられ、そのまま売春宿に奉公に出された。

朝の五時から、深夜の十二時すぎまで、働きづめである。同じくらいの歳《とし》の子たちが学校に行っているのを見るのがつらかったと、のちに回想している。

月末には養母の高島キヨがやってきて房江の給金をすべて持ち帰っていった。

そのことを実母真佐子の兄・馬場《ばば》孝造《こうぞう》が知る。店にやってきて房江を連れ帰ろうとするが前借り金があることを知り、数日かけてそれを調達し、房江を売春宿から救い出してくれた。

八歳になろうという年の暮れ、大正七年の暮れのことだろう。一年の苦界《くがい》の奉公から房江は戻ってきた。

ただ馬場孝造も貧しく、房江は九歳の春、大正九年、近くの呉服屋に子守りとして奉公に出された。馬場孝造の妻がスマである。子供のころ神戸の元町で迷子になったときに、スマの顔を見てとても安心したことをのちになっておもいだしている。しばらくして、伯父の孝造が倒れ、房江を養えなくなったため、房江は伯母の家に引き取られる。おそらく孝造の姉妹の一人だろう。生母の真佐子の姉妹の家である。その家も貧しく、乾物屋の女中奉公に出された。

伯母の家にもずっといられず、そのあとは従兄の家、その次は従姉《いとこ》の家へとたらいまわしにされた。

十歳のとき、「歳《とし》の離れた従兄《いとこ》に神戸の新開地で鰻重《うなじゅう》をご馳走《ちそう》」になり、「世の中にこんなにおいしいものがあるのか」と衝撃を受けたというエピソードが語られている。（昭和三十九年第八部での回想）。

そうやって十代が過ぎていく。房江が十六になったときに昭和になった。

十六のころには神戸の三宮の製粉工場で働いていた。小麦や大麦を乾燥させて粉にする社員が五人の小さい製粉工場だった。出来上がった粉をスコップで袋に詰め、重さを量り、荷車に乗せる作業を房江は担当していた。温厚で親切な工場長に呼び出され工場の裏にいくと、股間《こかん》を触らせようとしたので、逃げて、そのままその工場を辞めた。

四十代になってから医者に「十七、八歳から二十歳くらいのあいだに軽度の結核にかかっていただろう」と診断されたが、それはこの製粉工場で働いていたことが原因だったのではないか、と房江は考えていた。（第七部二三七頁）。

当時の婦人雑誌に石油を飲むと結核が治ると書いてあったのを信じて、十七、八のころの房江は石油を売っている店で頼んでコップ一杯の石油をもらって、猪口《ちょこ》二杯ぶんくらいを飲んだことがある。だいたい昭和三年（一九二八年）ころだろう。房江はそれで結核も治り、身体《からだ》も丈夫になったと信じている。（昭和三十七年の秋に小谷《こたに》医師にそう言っている。第七部二五四頁）。

二十歳になったとき、工場勤めの山下則夫《やましたのりお》という男が嫁に貰《もら》いたいと申し出てきたので、結婚した。そのときはいちおう従姉の家の者ということになっていたようだ。

昭和六年のことになる。

翌昭和七年に長男を出産する。正則《まさのり》である。

ただ夫の則夫は酒乱の気味があり、酔ったときの変質的な性的欲望に房江は耐えきれなくなった。出産して二週もたたずに乳呑み児《ちのご》を抱いて家を飛び出し伯父の馬場孝造を頼る。すでに孝造は寝たきりになっていた。そこで実父の宗助、および兄一郎と姉あや子が神戸に戻ってきていることを教えられる。一郎は製鉄会社で働いており、あや子は大工の棟梁《とうりょう》・村井《むらい》鶴松《つるまつ》と結婚していた。そのあや子の家を房江は訪ねる。あや子は房江に謝り、暖かく迎えいれてくれた。

三か月の話し合いの末、子供は山下家が引き取ることになり、房江は離縁した。

そのまま姉の家に世話になることになった。昭和七、八年のころである。

姉夫婦には美津子《みつこ》と直子《なおこ》という娘がいて、そのとき十五と十四である。女学校に通っていた。その美津子と直子に、房江は字を教えてもらった。

林芙美子の「放浪記」のすべての漢字に美津子はふりがなをつけてくれ、それを三回読んだときには一年が過ぎていた。美津子にかけ算や割り算を習い、また直子には裁縫と編み物を習い、姉の家で静かに過ごしていた。それがだいたい昭和八年から十一年くらい。

房江の二十代前半である。

昭和十一年ころ、大阪・新町の茶屋の仲居をやっていた近所の寡婦《かふ》が、自分がやめることになったので、房江ちゃん、そこで働いてみる気ィないやろか、と話を持ってきた。房江は働くことにする。

新町の本茶屋に仲居として住み込みで働き出した房江は、店ではキクと呼ばれ、

房江の前半生

1910	明治43年	＊0歳	12月に誕生
1911	明治44年	0歳	母・真佐子死去、パン屋の高島家に養女としてもらいうけられる
1912	明治45／大正元年	1歳	
1913	大正2年	2歳	
1914	大正3年	3歳	高島家で育つ。房江の唯一幸せだった記憶の時期
1915	大正4年	4歳	
1916	大正5年	5歳	
1917	大正6年	6歳	養父死去
1918	大正7年	7歳	春に女郎屋へ奉公に出される。年末に伯父・孝造が助け出してくれる
1919	大正8年	8歳	孝造の家に世話になる。孝造の妻がスマ
1920	大正9年	9歳	この年の春から近所の呉服屋に子守りとして雇われる
1921	大正10年	10歳	
1922	大正11年	11歳	何年か経って孝造が病に倒れると伯母の家に引き取られる
1923	大正12年	12歳	伯母も貧しく、乾物屋の女中奉公に出される（正確な時期は不明）
1924	大正13年	13歳	
1925	大正14年	14歳	伯母の家から従兄の家に引き取られる（時期不明）
1926	大正15／昭和元年	15歳	
1927	昭和2年	16歳	神戸・三宮の製粉工場に勤めていた。工場長に迫られ逃げ出す
1928	昭和3年	17歳	17から20歳ころに初期の結核にかかっていた模様
1929	昭和4年	18歳	従兄の家から別の従姉の家へと引き取られる（時期不明）
1930	昭和5年	19歳	そこで成人し、そこから嫁入りする
1931	昭和6年	20歳	山下則夫と結婚
1932	昭和7年	21歳	正則出産
1933	昭和8年	22歳	離婚（前年の可能性も）、姉夫婦の家で過ごす

1934	昭和9年	23歳	姪の美津子や直子に字などを教わる（1934〜1935）
1935	昭和10年	24歳	
1936	昭和11年	25歳	新町の本茶屋「まち川」につとめ「キク」と呼ばれる
1937	昭和12年	26歳	勤めて一年後くらいには女将代理の仕事をまかされていた
1938	昭和13年	27歳	
1939	昭和14年	28歳	「まち川」女将代理（1938〜1940）
1940	昭和15年	29歳	
1941	昭和16年	30歳	春ごろ熊吾と出会い、秋に奈良旅行、年内に結婚
1942	昭和17年	31歳	
1943	昭和18年	32歳	
1944	昭和19年	33歳	南宇和に疎開
1945	昭和20年	34歳	
1946	昭和21年	35歳	
1947	昭和22年	36歳	3月6日、伸仁出産

＊房江の誕生日は年末近いので年齢はその誕生日前までの満年齢。年末にはプラス1歳

女将《おかみ》に認められ、やがて女将の代理を務めるまでになった。六年目には新町〈まち川〉のキク姐《ねえ》さんとして知らぬ者もおらぬ存在となり、勤め人の倍ほどの高給をもらうようになる。

昭和十六年の春、座敷にやってきた松坂熊吾を見て、惹《ひ》かれる。女将にはあの男はやめときと止められたのも聞かず、その年のうちに二人は結婚する。

当時の熊吾は関西財界の実力者として知られ、房江の義兄の鶴松が、あまりに金持ちなのでその結婚を危ぶんだというくらいの財産家でもあった。

結婚後は神戸の御影の屋敷に住む。ただ空襲が激しくなり、いっとき、熊吾の故郷の南宇和へと疎開《そかい》する。昭和十九年のことである。熊吾の妹のタネと、配給の煙草《たばこ》を吸いたくもないのに吸っていたりした。

昭和二十一年になり神戸へ戻り、妊娠。

昭和二十二年の三月、三十六歳のおりに伸仁を出産する。『流転の海』の物語が始まる。

伸仁の二十年

『流転の海』はまた、伸仁の物語でもある。

第一部『流転の海』、物語は伸仁の誕生したときから始まっている。昭和二十二年（一九四七年）の早春である。

神戸の御影のお屋敷で女中もいる生活だったが伸仁が病弱のため、昭和二十四年、熊吾は大阪一等地の土地を売り、生まれ故郷の南宇和への転居を決める。

伸仁は二歳から五歳までを自然たっぷりの南宇和で過ごす。昭和二十四年から昭和二十七年までである。第二部『地の星』には、伸仁四歳から五歳までが描かれる。

第三部『血脈の火』、伸仁は昭和二十七年春に大阪に戻ったが通った幼稚園で左利《き》きの矯正についていけずに退園する。中之島の土佐堀川沿いの家で過ごし、昭和二十八年より梅田にある曾根崎《そねざき》小学校に通い「はしこい巷《ちまた》の子」として昭和三十一年まで土佐堀川で育つ。

第四部『天の夜曲』、昭和三十一年の春、父の都合で伸仁は富山の小学校四年に編入する。クラスでのボス争いに加わる元気さであった。ただ父はすぐに大阪へ戻り、母もまたこの地が喘息《ぜんそく》に悪いということで秋に大阪に帰ったため、富山の高瀬《たかせ》家に預けられ過ごす。

第五部『花の回廊』、昭和三十二年、さびしさにたえられず四年三学期途中で大阪へ戻った伸仁はとりあえず伯母夫婦の村井鶴松家に預けられていたが、三月から叔母・タネの住む尼崎《あまがさき》・蘭月《らんげつ》ビルでタネ一家と暮らし、尼崎の小学校へ五年から転入した。父と母は土佐堀川の水道も電気もないビルで暮らしていた。翌昭和三十三年三月、福島にモータープールが作られ、伸仁は二年ぶりに父母と一緒に暮らすことになる。

第六部『慈雨の音』、昭和三十四年に伸仁は関西大倉中学に入学しモータープールから通う。小谷医院へ通いビタミン剤を注射してもらう。病気の伝書鳩《でんしょばと》の雛を根気よく育てクレオと名づける。昭和三十五年、中二になった伸仁は、父が中古車販売を始めるための借金の保証人となる。

第七部『満月の道』、昭和三十六年、中学三年の伸仁の長所について母は「すなお」とだけしか書いてくれなかった。昭和三十七年、高校へ進学、その夏には富士登山へ出向く。またこのころには父に聞いた噺家《はなしか》臨終の話を一席の人情噺に仕立てていた。

各巻別　年度ごとの伸仁の居場所と年齢

巻	居場所	昭和	伸仁
1巻	神戸御影	22年	誕生・0歳
		23年	1歳
		24年	2歳
2巻	愛媛南宇和	26年	4歳
		27年	5歳
3巻	大阪中之島	28年	6歳　曽根崎小学校1年
		29年	曽根崎小2年
		30年	曽根崎小3年
4巻	富山	31年	富山・八人町小学校4年に転入
5巻	尼崎	32年	尼崎・難波小学校5年に転入
		33年	福島モータープールへ転居　難波小6年
6巻	大阪福島	34年	関西大倉中学校1年
		35年	関西大倉中2年
7巻	大阪福島	36年	関西大倉中3年
		37年	関西大倉高等学校1年
		38年	関西大倉高2年
8巻	大阪福島	38年	関西大倉高2年
		39年	関西大倉高3年
9巻	大阪福島	41年	一浪後、追手門学院大学1年
		42年	20歳　大学2年
		43年	大東市へ転居　大学3年

昭和三十八年三月、十六歳の誕生日に母を殴ろうとした父を止め、組み伏せてしまう。その四月には高校二年、身長は百七十センチに伸びていた。ずっと福島のモータープール住まい。

第八部『長流の畔《ほとり》』、昭和三十八年八月、高二の夏休みに、退学になった友人と伊豆半島一周旅行に出かける。その秋、父の愛人の存在を知り父とまともに話さなくなる。昭和三十九年三月に十七歳、四月から高三になったが父の事業の失敗から取り立て屋が伸仁のもとにも来る。モータープールの家にも押し掛けてくるので押し入れに入って暮らしていた。文庫の古本を十冊百円で買ってきてむさぼり読む。

第九部『野の春』、物語は昭和四十一年になり、一年浪人ののち、春に伸仁は大学へ入学、中央市場の乾物屋でのアルバイトを始めている。浪人時代に九条のストリップ劇場でアルバイトしていたことが母にばれ、ひどく怒られる。大学ではテニス部に入部。夏も翌春もテニス部の合宿で過ごす。

昭和四十二年三月に二十歳の誕生日を迎え、梅田の洋食店で父は役目を果たしたと感慨深げである。その春に大学二年になった伸仁には彼女ができており、秋には母に紹介してくれる。二十五歳で結婚するつもりだと聞いて母は慌《あわ》てるが、父は一笑に付す。

その秋から頼まれて母の働くホテルでアルバイトを始め、またモータープールのオーナーであり、柳田《やなぎだ》商会社長の柳田元雄《もとお》に頼まれ、ゴルフ場のアルバイトをする学生を数人集める。

昭和四十三年の二月、父にお前には「他の誰にもない秀《ひい》でたものがあると思うてきたが親の欲目じゃった」「お前にはなんにもなかった」と言われ泣く。

その月、母とともに大東市《だいとうし》住道《すみのどう》へ引っ越す。

第一部　流《る》転《てん》の海

あらすじ／人物相関図／主要登場人物紹介

あらすじ

第一部　流転の海

〝終戦直後大阪編〟

昭和二十二年春から二十四年春まで。

熊吾五十歳から五十二歳。伸仁誕生より二歳まで。

戦争中、故郷の愛媛に疎《そ》開《かい》していた熊吾は、戦後、大阪に戻り、中古車部品業の松坂商会を再開する。進駐軍から古タイヤなどの自動車部品を横流ししてもらい、それを売りさばいていた。また五十歳にして、初めての子・伸仁を授かる。戦前「中国貿易の関西での旗頭」と言われたころに頼りにしていた番頭の井草正之助を、会社再開のために田舎から呼び戻し、経理を任せる。ところが井草は、失踪《しっそう》してしまった。かつて松坂商会の社員だった海老《えび》原《はら》太《た》一《いち》が、熊吾に強い恨みを抱いており、井草の裏で糸を引いていたのだった。

代わって京都帝大出の辻堂忠《つじどうただし》と知り合い、松坂商会で雇うことになる。また丸尾《まるお》運送の社長丸尾千代麿《ちよまろ》との付き合いが始まる。

ひとり息子の伸仁の身体《からだ》が弱く、これは故郷の愛媛の自然のなかで育てたほうがいいと決心し、熊吾は昭和二十四年の春に淀屋橋の松坂ビル跡地を売り、妻子とともに愛媛の南宇和に引っ込んだ。

登場人物関係略図

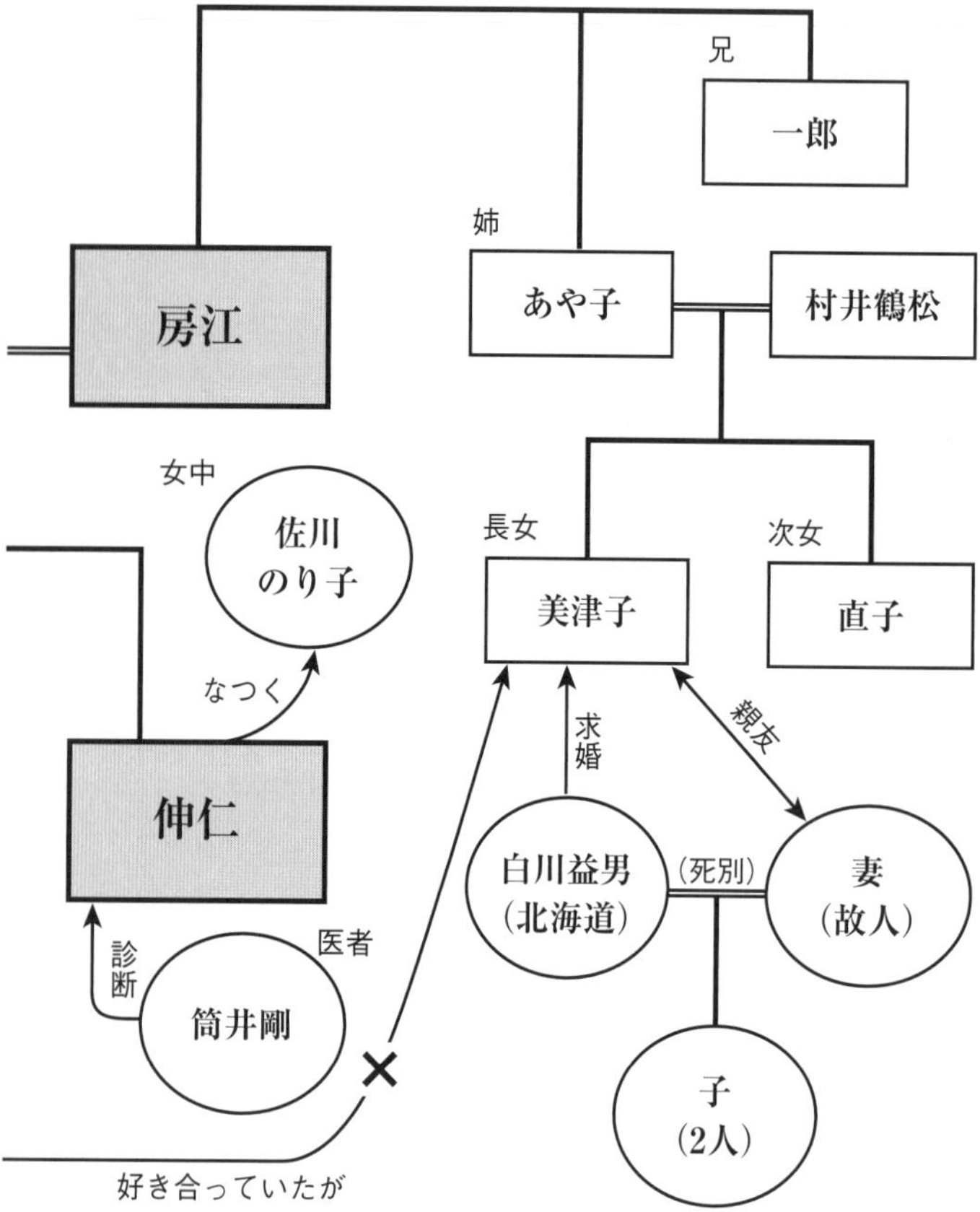
兄
一郎
姉
あや子
村井鶴松
房江
女中
佐川
のり子
長女
美津子
次女
直子
なつく
求婚
親友
伸仁
白川益男
(北海道)
(死別)
妻
(故人)
診断
医者
筒井剛
子
(2人)
好き合っていたが

第一部 流転の海

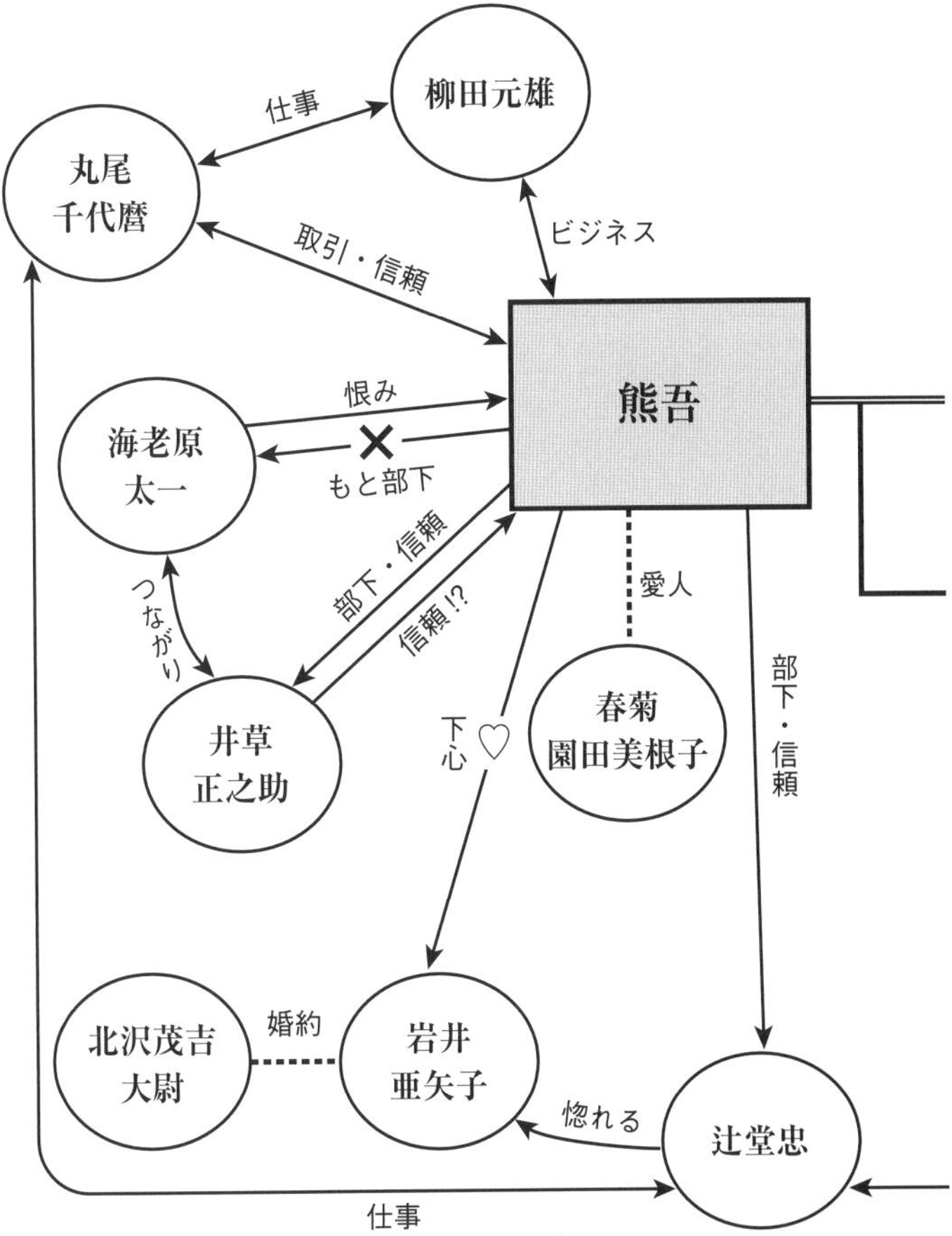
柳田元雄
仕事
丸尾
千代麿
ビジネス
取引・信頼
熊吾
恨み
海老原
太一
もと部下
部下・信頼
信頼!?
つながり
井草
正之助
愛人
春菊
園田美根子
下心♡
部下・信頼
北沢茂吉
大尉
婚約
岩井
亜矢子
惚れる
辻堂忠
仕事

第一部『流転の海』主要登場人物紹介　登場順

丸数字は登場した巻数。（カッコ数字は話題・回想されていた巻）

6頁《ページ》 **松坂熊吾**　本作の主人公。明治三十年（一八九七年）二月生まれ。昭和の年数に二十八足すと熊吾の満年齢になる。愛媛県南宇和島出身。戦前に自動車部品の貿易で成功し、関西自動車業界の雄と呼ばれる。上海に住んだこともある。昭和十二年四十歳で徴兵、満州東部で野戦に明け暮れる。負傷帰国後、昭和十六年に四番目の妻（最初の内縁の妻・貴子を入れると五番目）房江と結婚。戦後、松坂商会を復興するも、昭和二十二年五十歳のときに長男・伸仁をさずかり、病弱な長男のため昭和二十四年から二十八年まで故郷の愛媛南宇和で過ごす。のち大阪へ戻りいくつもの事業を始める。精力的な男。伊予弁が抜けない。全巻登場

7頁 **周栄文**《しゅうえいぶん》　熊吾の親友の中国人。一九一〇年（明治四十三年）生まれ。上海育ちで会社を興し、上海時代の熊吾と知り合う。戦前の日本にやってきて中古部品を仕入れ、中国で売る。商売人というよりも学究の徒といった雰囲気の好男子。妻子がいたが、日本では谷山節子《たにやませつこ》と一緒に西宮に住み、昭和九年に一女をもうける。それが谷山麻衣《まい》

子《こ》。日中関係悪化に伴い昭和十二年、節子と三歳の麻衣子を残し中国へ帰国。その後、日本には戻ってきていない。⑴⑵③⑷⑸⑹⑺⑼巻

7頁　張邦徳《ちょうほうとく》（回想）　戦前の熊吾の商売仲間。熊吾と同い年（一八九七年生まれ）。色が白く禿頭《はげあたま》。酔うとよく熊吾に禿頭をなすりつけた。回想部分でしか登場しない。貧しい家の出で、図抜けた頭脳と闘魂でのしあがろうとしていた。⑴⑼巻

9頁　野中《のなか》二等兵（回想）　満州戦線での熊吾の部下。大阪の菓子職人で五人の娘がいる。熊吾を信頼して松坂軍曹のそばにいれば絶対に死なないと信じていたが塹壕《ざんごう》から顔を出したところを眉間《みけん》を撃ち抜かれて戦死した。第一部冒頭と第九部のおわりのほうに二度、おもいだされる。また二巻で「深浦の庄屋の家の瓦屋根」にその姿が見えるので熊吾と伸仁が敬礼している。名前は第九部で出る。⑴⑵⑼巻

12頁　松坂房江　松坂熊吾の四番目で最後の妻。伸仁の母。明治四十三年（一九一〇年）生まれ。明治生まれの人にしては背が高い。貧しい育ちのため教育は尋常小学校に一年行っただけで奉公に出された。のち姉の子に字を教えてもらう。昭和六年二十歳のとき結婚して翌年子供を一人産むが離婚した。昭和十一年ころから新町の本茶屋へ勤め、のち女将《おかみ》代わりとなる。昭和十六年に熊吾と結婚、昭和二十二年に伸仁を出産。昭和二十四年に胆嚢炎《たんのうえん》で倒れその年、南宇和島へ移住。そののち、熊吾のさまざまな

事業を支え、手伝う。気《き》鬱《うつ》を病んだり、喘息《ぜんそく》をわずらったりもする。川で鮎《あゆ》を手づかみできるほどの俊敏さを持つ。全巻登場

13頁　**山下則夫**　房江が二十歳のときに結婚した相手。工場勤め。実直で温和《おとな》しい。ただ酒が一滴でも入ると淫乱《いんらん》で、度合いを越えた変質的なふるまいにでる。結婚半年で房江が妊娠。長男出産直後、産褥期《さんじょくき》にも無理に求められ、この人は狂っている、何があっても逃げだそうと決心し、乳《ち》呑《の》み児《ご》を抱え、伯父の孝造を頼る。房江の姉の夫の鶴松が、房江が別れたがっていることを伝えにくると、畳に頭をすりつけて帰って来て欲しい、好きで好きでたまらんのやとおいおい泣いた。姑《しゅうとめ》と一緒に最後に房江に対面したとき、姑が離婚を承諾したあとも、房江をなだめつづけようとしていた。昭和二十三年に彼の後妻（志乃）が訪ねてきたときに語ったところによると、いまも酒癖が悪く、前年から再建された工場に勤めてはいるが、この年の正月に体をこわして、一週間働いたとおもうと、二週間休むという状態で、生活が苦しいという。⑴⑵⑶⑷

⑺巻

14頁　**井草正之助**　戦前戦中の松坂商会の番頭。熊吾の片腕であった。熊吾の五歳下。おそらく明治三十五年（一九〇二年）生まれ。戦後昭和二十二年春に松坂商会を再興するおりに大阪へ呼び出され、しばらく熊吾の元で働くが出奔。のち昭和二十六年の

夏、金沢にいることがわかる。①②⑶⑸⑹⑻⑼巻

14頁 **直子** 房江の姪《めい》。姉あや子の次女。房江の七つ下。おそらく大正七年（一九一八年）生まれ。二十四歳で結婚して子供が二人いる。孝太《こうた》と憲太《けんた》。亭主は昭和十九年にサイパンで戦死。熊吾の御影の屋敷の敷地内に住んでいた。物語冒頭の昭和二十二年当時は熊吾一家とほぼ一緒に暮らしていたようなものだった。その年の秋から三ノ宮の料亭に働きに出る。のち仕立て屋を始める。姉と違って男まさりで口が達者。①③⑷⑦巻

14頁 **松坂伸仁** 熊吾と房江の長男。ひとりっ子。昭和二十二年（一九四七年）三月六日、神戸の御影生まれ。虚弱であった。父の移動について、子供時代に何度も転居している。口の達者なすばしっこい子。落語がけっこう喋《しゃべ》れる。全巻登場

21頁 **海老原太一** 亜細亜《アジア》商会の社長。のちにエビハラ通商の経営者。南宇和の御荘《みしょう》の育ち。熊吾の十二歳下。明治四十二年（一九〇九年）生まれ。極貧の幼少時代だった。昭和元年、同郷の熊吾を頼って上阪、松坂商会で働いた。昭和十年に独立。三ノ宮で五坪の事務所から神戸でも有数の貿易商となる。自社ビルの建築祝いの際、熊吾に面《めん》罵《ば》されて以来熊吾に深く恨みを抱いている。昭和二十三年一月、有馬温泉へ向かう山道で熊吾に殴られ、そのことも強く恨みに持つ。事業を拡張し、関西財界の主要メン

バーとなり、衆院選への出馬を考えるまでになる。①⑵⑶④⑸⑹⑺⑻⑼巻

36頁　**佐《さ》川《がわ》のり子**　御影の松坂家の女中。昭和二十二年夏から松坂家へ来る。十八歳。井草の郷里・岐阜の娘。子供のころに父と死に別れ、昭和二十二年の正月に母親が死んで、兄はサイパンで戦死しているので、天涯孤独。井草の故郷から二里ほど離れた隣村の娘。買い物と掃除以外は何ひとつ満足にできないが、子供をあやすことが得意で、どんなに泣いていても伸仁はのり子にあやされると笑う。房江はいい女中だとおもうと同時に軽く嫉妬《しっと》もする。いい妻になるかどうかはわからないが、いい母になるのは確かだ、と房江はおもっている。①⑵⑸⑺巻

43頁　**井草トシコ**　井草正之助の妻。瓜実《うりざね》顔。質素な生活を送る。夫とともに岐阜に暮らしていたが、昭和二十二年春に二人の娘と一緒に大阪へ出てくる。のち、金沢へ転居。⑴②⑸⑹巻

46頁　**谷山節子**　周栄文の日本妻。麻衣子の母。金沢の畳店の娘。キタの小料理屋で仲居として働いていた昭和七年、周に見初《みそ》められ、西宮で一緒に暮らし、昭和九年麻衣子を産む。昭和十二年の周の帰国後、金沢で本屋を営むも、従弟《いとこ》夫婦に売られてしまった。昭和二十二年に熊吾を頼ろうと上阪したおり井草が応対し、彼との仲を深めた模様。昭和二十六年に三十九歳。大正元（明治四十五）年（一九一二年）生まれ。⑴②

⑶⑤⑥⑺⑻⑼巻

46頁 谷山麻衣子 周栄文と谷山節子の子。昭和九年（一九三四年）西宮生まれ。金沢で育つ。「父親代わりになる」と周栄文と約束していた熊吾は昭和二十六年七月、金沢を訪れ、高校三年生の麻衣子と再会する。のち、熊吾の世話で大阪へ移り、丸尾千代麿のもとで働き、丸尾一家と親しくなる。何度か転居することになるが、そのたびに熊吾や千代麿がかかわる。のちには房江とも仲良くなる。本物語の重要人物の一人。⑴②③⑷⑸⑥⑦⑧⑨巻

48頁 染乃《そめの》（〈桐村《きりむら》〉の染乃） 熊吾のもと妾《めかけ》。戦前、家を買ってあげたことがあるらしい。昭和十九年の疎開のおりに別れる。戦後、熊吾が進駐軍将校トニー・オカダに愛人として世話する。昭和二十二年で三十歳。①⑵⑶巻

51頁 トニー・オカダ アンソニー・オカダ。略してトニー。進駐軍の資材担当将校、日系二世。金と女に目がなく、タイヤを熊吾に横流ししてくれていた。祖父が伊予人で日本語は伊予弁しか喋れない。また日本の田舎の人にしか見えない風貌《ふうぼう》をしている。のち、昭和二十四年の春に横浜基地へ転属になった。横流しがばれ、おそらく朝鮮戦争の前線に立たされるのではないかと熊吾は予想している。①⑵巻

54頁 稲葉《いなば》修次《しゅうじ》 のち磯辺《いそべ》富雄《とみお》 昭和二十二年、松坂ビルの跡地に無断で立ち並んでい

た闇市《やみいち》の珈琲《コーヒー》店の店主。当時四十がらみの小柄な痩《や》せた男。熊吾に頼まれて立ち退《の》きの手伝いをし、熊吾の世話で老松町で珈琲店を始めた。昭和二十二年時点での名前は稲葉修次。昭和三十一年（四巻）に熊吾と再会したときは妻の姓を名乗り磯辺富雄となっていた。ビリヤード場経営から始め、雀《ジャン》荘《そう》、パチンコ店経営にも乗り出した。本名は李《り》尚基《しょうき》。梅田に店があるので、熊吾や仲仁がよく使っている。①④⑤⑥⑺⑧⑨巻

56頁　**辻堂忠**　昭和二十二年夏前に大阪駅前の闇市にいたならず者の復員兵。大正元（明治四十五）年（一九一二年）生まれ。熊吾に出会い、松坂商会で働きだし、熊吾の片腕となる。山口の小さな漁村の出身。京都帝大を出て証券会社に勤めていたインテリ。長崎の原爆で妻子を亡《な》くし、やさぐれていた。昭和二十四年、松坂商会が閉じられたのを機に、金融業界へ戻り、出世していく。岩井《いわい》亜矢子《あやこ》と深い関係にある。①②③⑷⑹⑻⑨巻

65頁　**クリ（回想）**　南宇和一本松村の松坂家の隣の家で飼われていた馬。なうての暴れ馬だった。熊吾十六歳のおり、慣らしてやろうと近寄り、左小指の先を食いちぎられた。大正二年のこと。しばらくのち、熊吾に脚を折られている。熊吾の左小指の先がない描写のおりに、ときにおもいだされている。⑴⑹巻

67頁　**柄島《からしま》次郎《じろう》**　昭和二十二年当時の、大阪梅田のやくざの首領格。痩せた男。熊吾が、

自分の土地から闇市を立ち退かせようとしたときに、一年見逃したってくれや、と言ってきた。「敗戦後の混沌《こんとん》とした時代を土台に派生してきた新種のならず者」。「この二年のあいだに、四人もの人間を殺してきたやつ」と辻堂が教える。檜岡《ひおか》組の幹部。人殺しを平気でやってのける。辻堂の策謀により七月下旬に殺人容疑で逮捕される。
①⑷巻

90頁　**柳田元雄**　自動車中古部品の柳田商会社長。終戦二か月後の昭和二十年十月から柳田商会を始めている。戦前は、自転車の荷台に中古部品を載せて売って歩いていて「乞食《こじき》同然の男」だったと自分で言っている。柳田商会をもとに財をなし、タクシー会社を買収、のち熊吾の提言もいれて、都市部で巨大な駐車場の経営にも乗り出す。関西財界の人物となり、海老原太一とも財界の集まりで面識を持つ。やがてゴルフ場経営を始める。貧しい行商人から関西財界の人物までに成り上がった当物語の立志伝中の人物。①③④⑤⑥⑦⑧⑨巻

95頁　**河内《かわち》善助《ぜんすけ》**　善さん　河内モーター社長。昭和初年から熊吾の仕事仲間であり友人。熊吾より五つ年上なので明治二十五年（一八九二年）生まれ、物語開始時点で五十五歳。弁天町に会社がある。若いころ柔道で鍛えた骨太い身体つき。熊吾と並ぶと熊吾は河内の肩くらいまでしか届かないほどの長身。息子二人が戦争で死んだ。伸仁には

誕生以来、毎年誕生日プレゼントをくれた。①③⑷⑹⑻⑼巻

118頁　関の孫六を持ってきた見知らぬ男（回想）　昭和十六年秋にいきなり訪ねてきて、名刀〝関の孫六〟を熊吾に買ってくれと言ってきた男。熊吾と同年代くらいで、氏素性の良さそうな、しかし名を名乗らない男だった。熊吾は断るが刀を置いていった。三か月後に現れ、脊椎《せきつい》カリエスを患《わずら》った十三歳の息子の薬のために売ろうとしていた、と言う。熊吾はその話を聞いて刀を買った。国宝級のもの、と鑑定家に言われる。⑴⑻⑼巻

141頁　丸尾千代麿　出入橋にある丸尾運送の社長。昭和二十二年、松坂商会を再興したときからの付き合い。垂れ目で団子鼻、「かぼちゃを踏みつぶしたような顔」とも言われる。明治四十二年（一九〇九年）生まれ、この時点でおそらく三十八歳。酒乱の父に悩まされろくに学校に行けなかった。軍隊に五年も取られたと本人が言っている。昭和六年に結婚。愛人・米村喜代《よねむらきよ》に子供を産ませ、城崎で育てる。伸仁は子供のころからよく丸尾運送へ遊びに行っていた。昭和三十一年、大病を患う。昭和三十五年に丸尾運送を扇町へ引っ越す。昭和三十九年ころからチョコレート職人の木俣敬二《きまたけいじ》と馬が合い、ずっと一緒に遊んでいる。全巻登場

168頁　筒井剛《つついたけし》　国鉄の六甲道駅前にある筒井医院の院長。戦前からの松坂家のかかりつ

け医。熊吾より十歳若い。昭和二十三年で四十一歳。側頭部に毛が残るだけの禿頭。診察室に「資本論」を置いており、根っからの共産主義者のようである。重篤《じゅうとく》な状態だった一歳の伸仁を診察し、その水便を舐《な》めて症状を診た。房江の胆嚢炎の手術もした。娘は宝塚歌劇団へ入りたがっている。①③巻

198頁　唐沢《からさわ》の叔父　深泥《みどろ》の叔父（回想）　熊吾の叔父。父亀造の弟。深泥にある唐沢という煙草《たばこ》農家に養子に行った。アカの飼い主。「一介の百姓だった」が「向学心が旺盛《おうせい》」で、「宇和島の国学者の門弟と親交を結んで」いた。少年の熊吾は十二、三歳のころに二年間通い、漢学から国学を学ぶ。思春期のむずかしいころの熊吾に根気よく付き合ってくれた。この家の牛のアカのことと叔父のことを熊吾は繰り返し追想している。⑴⑵⑷⑹⑺⑻⑼巻

198頁　アカ（回想）　深泥の叔父の家にいた年老いた雌牛。いつも一本松の家まで熊吾を送った。「すまんがアカよ。一本松まで、この熊を送ってやんなんせ」と叔父が声をかけると熊吾を乗せ、数時間かけて運んでくれた。眠り込んでしまった熊吾が落ちると、歩を止めて熊吾が背に戻るのを待つ。一本松で水と餌《えさ》を与えられ、帰りは一本松を夜の十一時過ぎに出て朝の四時ころ戻り着く。覚えているだけで十四、五回は送ってもらった。熊吾十二のとき、熊吾を送って帰り道の途中、桜坂の手前で絶命した。

唐沢の叔父は、アカという年増《としま》の雌牛は「熊が好きじゃった」という。大人になった熊吾は繰り返しアカのことをおもいだす。一巻一九八頁、三巻三一八頁、四巻八〇頁、六巻七一頁、八巻四四七頁。一九六四年七月、中古車センターの倉庫が崩壊したのち、佐竹善国と語っているとき「アカにまた逢《あ》いたい」と熊吾はおもう。(1)(2)(3)(4)(6)(8)巻

198頁　**松坂亀造（回想）**　熊吾の父。慶応三年（一八六七年）生まれ。寡黙《かもく》で、穏やかで、物に動じない人だった。おそろしく度量が広かった。「黙々と田を耕し、稲を植え、田圃《たんぼ》の雑草を抜き、藁《わら》で草履を編み、行き倒れの遍路を助けて面倒を見、頼って来る者たちに米や野菜を与えつづけ、五十六歳の夏、日射病で死んだ」。おそらく大正十二年の夏。長女が十七歳で死んだとき、葬列の先頭を得意がって歩こうとする七歳か八歳の熊吾を、きょうは、いばってはいけない日だと叱《しか》る。父に叱られたのはあれ一回きりだったかもしれない、と熊吾は回顧する。村の長老によると亀造は「子供のころは剽軽《ひょうきん》な子だった」「人を笑わせることが上手で」「いつも走っている子だった」。それが「最初の子を三歳で亡くしたころから」「温厚になり、大事なこと以外は口にしな」くなった。春風のような人であったという。自分の父（熊吾の祖父）が失った田畑を少しずつ買い戻していたが、晩年、友人の保証人となり、田畑の半分と蜜柑《みかん》山を失った。(1)(2)(3)(4)(5)(6)(9)巻

200頁　**北沢茂吉**《きたざわもきち》　熊吾が神戸から有馬温泉へ続く旧道でたまたま遭った二十七、八歳の青年。昭和二十三年一月二十七日。闇物資と一緒に熊吾を荷車に乗せて送ってくれるが、有馬温泉の手前で逮捕される。戦争犯罪人として連合軍から逮捕状が出ていた。士官学校出身で参謀本部の中枢《ちゅうすう》にいたもと陸軍大尉《たいい》。大東亜戦争のさまざまの作戦決定に参加（していたはず）。終戦直前の御前会議（降伏の決定）の夜に姿をくらました。二年半逃亡しつづけていたことになる。熊吾は彼が運んでいた闇物資の売上金を渡す相手を探してその婚約者・岩井亜矢子と出会う。昭和二十三年六月、初対面の亜矢子から、先月、刑が執行されましたの、デス・バイ・ハンギングで、と知らされる。
①⑵巻

209頁　**杉野貴子（回想）**　熊吾の最初の妻（内縁）。熊吾と同じ一本松村の娘でひとつ下。親が決めた許婚《いいなずけ》同士であることを十八の年に知った熊吾は、十七の貴子を連れて大阪へ駆け落ちした。おそらく大正四年。「伊予中を捜しても、こんなきれいなおなごはおらん」と十八の熊吾はおもっていた。大正区の雑貨屋の二階に二人で住み、熊吾はセメント工場で働くも、その年の暮れ、貴子は感冒にかかり六日後に死んだ。熊吾はくりかえし貴子のことをおもいだす。籍は入れなかったが結婚するつもりだったために最初の妻だとしている。⑴⑵⑶⑸巻

216頁　**春菊《しゅんぎく》　園田美根子《そのだみねこ》**　戦前の新橋の一流芸者。昭和二十三年の一月、有馬温泉で身体を売る不見転《みずてん》芸者をやっていたところ、熊吾が偶々《たまたま》呼んでしまう。二十七歳。これから二年間、俺の女にならんか、と妾にする。戦前には相場師で「買いの天才」と呼ばれた片桐善太郎《かたぎりぜんたろう》の囲い者になっていたことがある。昭和二十四年の正月に、熊吾と別れる。城崎のまだ先の村で熊吾が偽医者をしていたときの話を、彼女にだけは話したので、それをおもいだすと、彼女もおもいだされる。のち、フランス料理店でばったりと熊吾と遭遇する。①⑶⑷⑨巻

224頁　**片桐善太郎**　戦前の兜町《かぶとちょう》で「買いの天才」と呼ばれた相場師。華族の娘と結婚して子供を二人もうけた。昭和十五、六年ころ、園田美根子（春菊）を二年ほど囲い者にしていた。召集され満州に出征。戦後になってもしばらく生死不明だった。昭和二十三年の十二月に辻堂忠が熊吾の命を受け、日本に生還し相場の世界に返り咲くための準備をしていることを調べ出す。実際に登場するのは九巻。⑴⑶⑷⑨巻

231頁　**孝太**　直子の長男。昭和二十八年で十二歳。おそらく昭和十六年（一九四一年）生まれで、伸仁の六つ上。三巻で伸仁がやってきたとき、一緒に大騒ぎして遊んでいた。伸仁から見て従姉《いとこ》の子。⑴③⑺巻

231頁　**憲太**　直子の次男。昭和二十八年で八歳。昭和二十年（一九四五年）生まれで、

仲仁の二つ上。⑴③⑺巻

232頁　一郎（回想）　房江の実の兄。房江より十六歳の年長で、明治二十七年（一八九四年）生まれ。神戸で一番大きな製鉄会社に勤めている。房江が乳飲み子を抱えて姉・あや子のところに駆け込んだ翌日、会社を休んで会いにきてくれた。房江には兄姉が父母に思えた。「房江のことは俺にまかしとけ」と涙ながらに言う。⑴⑶巻

232頁　宗助（回想）　房江の実の父。回想のシーンのみで登場。町で名高い放蕩者《ほうとうもの》の色男だった。士族の次男。旧制高校を中退して薬問屋に就職するが、人妻と岡山に出奔する。しばらく謹慎ののち、神戸の造船所へ勤め、真佐子（房江の母）と見合いをして所帯を持つ。明治二十七年に長男一郎、四年後に長女あや子が生まれる。女が放っておかないタイプの男で、つねに何人かの女性と関係を重ねていた。その後、他人の妻と失踪。七年間行方をくらまし（明治三十五年から四十二年あたり）そののち、ひょっこり真佐子のもとに戻ってきて、孕《はら》ませて房江が生まれる（明治四十三年）。真佐子が翌明治四十四年に死去したため、房江を高島家に養子に出し、一郎（十六歳）とあや子（十二歳）を連れて、連れ子のある女と再婚し、再婚相手の出生地である岡山へと去っていった。高島の養父が死んだとき（房江六歳）、高島家から房江を返したいと申し出を受けるが、断る。房江は、「お前の父は肝臓をわずらって三十七歳で死んだ」

と教えられたが風の噂《うわさ》でしかない。昭和三十二年に、とつぜん「父がいまなお薄汚れた人生をおくっているような気がしてきた」とおもいだした房江は、もしばったりどこかで会ったら「愚かなけだもののめ」と大声で罵《ののし》ってやると夢想していた。⑴⑵⑶⑷⑸⑺⑻⑼巻

232頁　真佐子（回想）房江の実母。房江が一歳になるまえ、明治四十四年に死去。享《きょう》年《ねん》三十六なので逆算すると明治八年（一八七五年）生まれ。十九で長男一郎、二十三で長女あや子を出産。夫（宗助）が女と出奔して行方がわからないとき、母（房子）に実家に戻るように言われたが、籍を抜かず待っていた。死因は一郎によるとおそらく子宮癌《がん》ではないかとのこと。酒は一滴ものめなかったらしい。あや子にその面影があるとのこと。⑴⑵⑶⑷⑺⑻⑼巻

232頁　馬場《ばば》房子《ふさこ》（回想）房江の祖母（母の母）。士族の出。美貌で気丈で長寿。八十三歳で死去。彼女が死んで二年目に宗助が戻ってきてそれから房江ができたので、おそらく明治四十一年（一九〇八年）の死亡だとおもわれる。満年齢で逆算すると文政八年（一八二五年）生まれになる。房江の母は酒が飲めなかったが、この房子は酒好きだった。「死ぬまで朝昼晩と内緒で飲んでた」といい、私がお酒を好きなんは、「酒飲みの父親と、そのおばあちゃんの両方の血を引いたんやろか」と昭和三十八年に房江

は熊吾に話している。(1)(8)巻

233頁　**高島（回想）**　房江の養父。房江の生家（神戸の中山手）近くでパン屋・高島ベーカリーを営んでいた。子供がなかったので、房江の母が死んだおりに、房江を養子にくれないかと申し出、六歳まで房江を育ててくれた。房江は本当の父だとおもっていた。焼きたてのパンの匂《にお》いとともに、パンのタネをこねている父が自分を優しく見守ってくれている記憶が、房江の幼少時の唯一《ゆいいつ》の幸せな記憶である。房江六歳のとき、結婚して十五年めの夫婦に子ができた。その子が生まれて三か月も経《た》たないうちに肝臓癌で死去、おそらく大正六年。高島ベーカリーは閉業。(1)(2)巻

233頁　**高島キヨ（回想）**　房江の養母。夫の死後、岡山の房江の実父（宗助）に房江を引き取るよう通知するが拒否される。そのため七歳小二の房江を学校をやめさせ売春宿へ奉公へだす。房江の給料は毎月、取りに来た。「しっかり働くんやでェ、あんたには、どっこも帰るとこあらへんねやから」と言い放つ。(1)(2)巻

233頁　**村井あや子**　房江の十二歳上の姉。明治三十一年（一八九八年）生まれ。房江が生まれた少しあとまで神戸に住んでいたが、母の死後、父と岡山へ移住。十八歳で岡山で村井鶴松と結婚しすぐ美津子を産み、翌年直子を産む。のち一家で神戸へ戻り、

昭和七年、出産直後の房江と再会する。離婚後の房江を引き取り一緒に暮らす。横顔が亡き母真佐子とそっくり。①⑵⑶⑺巻

238頁　**馬場孝造（回想）**　房江の伯父。実母真佐子の兄。大正七年（一九一八年）末、金を工面して売春宿から房江を救い出してくれる。造船所勤め。病弱の妻と愚連隊の息子を抱え家計が苦しく、いたしかたなく九歳の房江を近所の呉服屋の子守りに出す。何年かたって孝造も病に倒れ、房江は伯母の家に引き取られる。房江が最初の結婚相手（山下則夫）から逃げて相談にいくと（昭和七年、一九三二年）胸を患って寝たきりで、もう死の床だったが、兄と姉の居場所を教えてくれ、「そんな男、別れてしまい」と言ってくれた。⑴⑵⑶巻

238頁　**馬場スマ**　房江の伯父・孝造の妻。「病弱で週のうち三日は床に臥《ふ》してい」た（大正七年当時）。孝造が房江を連れ帰ってきたとき、この子に食べさせる米はないと言い放つ。二十歳の房江に山下則夫との結婚を強いたのは彼女である模様。のち、金持ちの熊吾と結婚してから房江に金を無心するようになる。愛媛からは郵送、大阪では直接取りにくるので手渡しで房江は金を渡していた。昭和二十八年七月末に中之島に金を取りにきたときに房江と会話する。房江が九歳のころ神戸の元町で迷子になったとき、スマの顔を見たら嬉《うれ》しかったと、伸仁が迷子のおりに回想している。黄ばん

だ白髪をうしろにひっつめている。熊吾には怯《おび》えている。⑴⑵③巻

240頁　房江を引き取った伯母（回想）　房江を引き取った馬場孝造が病に倒れ床に臥すようになったので、そのあとに房江が引き取られた先。おそらく母真佐子の姉（孝造の姉妹）。ここも貧しかったので、乾物屋へ女中奉公に出された。⑴巻

240頁　房江の従兄《いとこ》（回想）　伯母の家のあとに房江が引き取られた先。昭和三十九年四月、城崎の鰻《うなぎ》店で十歳のとき（大正十年）に「歳の離れた従兄に神戸の新開地で鰻重《うなじゅう》をご馳走《ちそう》してもらったとき、世の中にこんなにおいしいものがあるのかと茫然《ぼうぜん》として、いつか思いっきり好きなように鰻重を食べたいと願った」とおもいだしている。この歳の離れた従兄が房江を引き取ってくれた人ではないかとおもわれる。⑴⑻巻

240頁　房江の従姉《いとこ》（回想）　おそらく十代後半の房江を一時引き取った。山下に嫁に欲しいと言われ、嫁に出す。⑴巻

241頁　山下正則　房江の実子。前夫の山下則夫とのあいだの子。伸仁の父違いの兄になる。昭和七年（一九三二年）生まれ。産後三か月で夫と別れたときに、姑が連れ帰る。房江はそのおり、抱えたこの子の頬に自分の頬を長いあいだ重ね「ごめんな。お母ちゃん、あんたを捨ててしまうよってにな」と小さい声で言う。姉あや子が嗚咽《おえつ》する。昭和二十三年の三月、養母（山下則夫の後妻・志乃）に連れられ、房江に会いにくる。

この春に中学を卒業して高校へ行きたがっているが金がないので、少し用立ててくれないか、と養母が頼むのに同行させられている。房江は借金を断った。房江が実母であり、同行の母が養母であることは知らない模様。すでに房江より背は高く、父の則夫のほうに似ていた。唇のまわりにニキビをこしらえ、早く帰りたそうにしていた。物語中では言葉を発していない。①(2)(3)(4)(7)巻

242頁　村井鶴松　房江の姉あや子の夫。朴訥《ぼくとつ》で優しく腕のいい大工の棟梁。房江が最初の結婚相手の山下則夫と別れられるよう、何度も掛け合ってくれる。その後、熊吾と結婚するまでの房江の父親代わりとなる。毎日の道具の手入れを怠らない。昭和十六年当時の熊吾があまりに金持ちなので、房江との結婚には当初は反対していた。①②(3)(4)(5)巻

250頁　美津子　のち白川《しらかわ》美津子　房江の姪。姉あや子の長女。一歳下の妹直子とは違い、思っていることの半分も口に出来ない温和しい性格。房江の六つ下でおそらく大正六年（一九一七年）生まれ。女学生のとき、かな文字しか読めなかった房江のために小説「放浪記」の漢字にすべてふりがなをつけてくれた。また、かけ算や割り算も教えた。昭和十八年一月に最初の結婚をしているが、夫は戦死している。辻堂忠と好き合っていたようだが、辻堂に結婚の意志がないことを知り、昭和二十三年六月、女学校

第一部　流転の海

時代の友だちの夫だった白川益男《ますお》（三十）と再婚する。北海道の旭川に渡り、なさぬ仲の二人の継子を育てる。①②⑦巻

254頁　町川《まちかわ》ケイ（回想）　戦前の新町の本茶屋まち川の女将。まち川は房江が昭和十一年から十六年ころ仲居のち女将代理として働いた店。祖母も母も芸者。自身ももと芸者。三味線の名手で常磐津《ときわず》の師匠。昭和十六年に四十二歳だが七、八つ若く見えた。北海道の炭鉱会社社長の山岡省二郎に水揚げされ、店を持っている。たびたび山岡に会いに北海道へ行く。関西人らしく始末するところは始末するが必要なところは大金を使った。昭和十六年に房江に月に四百円支払っていた。熊吾に惹《ひ》かれていく房江に「あの男は外面《そとづら》が良すぎる。――内面《うちづら》の悪さに泣かされるでェ」と一緒になることに反対する。房江のある種の師匠ぽい人なので、房江は彼女の言葉をのちにもしばしばおもいだしている。回想でしか登場しない。(1)(4)(6)(8)(9)巻

259頁　キク　まち川での房江の呼び名。芸者に「キク姐《ねえ》さん」と呼ばれていた。のち再会したときの千代鶴《ちよづる》もそう呼んでいた。

261頁　千代鶴　島津《しまづ》育代《いくよ》　戦前の新町一の芸者。三味線も小唄《こうた》もできなかったが、豊麗な面立ちと賢さから財界の大物に愛され、一流の芸者とされた。昭和十六年春、鉄道会社社長の小《こ》森伝三《もりでんぞう》に水揚げされ、東横堀のこぎれいな二階家で囲われ者としての生

活を始める。熊吾のことが好きだった模様で、熊吾が房江にひと目惚《ぼ》れしたのを、即時に見抜いていた。「天真爛漫《てんしんらんまん》、愛敬《あいきょう》に富んだ美貌の女で、出入りの商人に邪険な態度もとらず、女中に小遣いをそっと渡したり、房江が新町芸者のなかでもっとも好意をもっていた女だった」とのちに回想されている。十六年後、昭和三十二年には、北新地のクラブ・しまづのママとなっており、房江が下働きとして働く小料理屋に客として現れる。(1)⑤巻

262頁　小森伝三（回想）　関西一の電鉄会社の社長。昭和十六年で六十五歳。新町一の芸者の千代鶴を水揚げして東横堀に囲う。キクと呼ばれていた房江が千代鶴のいる座敷によばれたおり「千代鶴にキクか。これは贅沢《ぜいたく》な座敷やなァ」と言う。おそらく敗戦の気配が濃くなりみんなが疎開を始めたころ、千代鶴にじゅうぶんな手切れ金を渡して自由にさせてやったはずだ、と房江は推測している。昭和二十一年に死去。(1)(5)巻

267頁　浅見《あさみ》敏光《としみつ》　自動車メーカー浅見自動車工業の社長。熊吾の日刊自動車新聞を乗っ取った男。仇敵《きゅうてき》ながら、房江の勧める茶屋まち川に熊吾を連れてきた。いわば熊吾と房江を知らずに引き合わせた男ということになる。座敷で、日刊自動車新聞を返す、と言い出すが、熊吾は浅見の魂胆を「いけにえが欲しいのよ」と言い放つ。日本が勝

第一部 流転の海

てるはずのない戦争が起こるので、その間、矢面に立たせておきたいだけだ、と喝破する姿を房江が見ていた。戦後、再興した松坂商会を昭和二十三年に訪れ、名刺を置いていっている。①⑼巻

317頁　**白川益男**　房江の姪・美津子の再婚相手。北海道の旭川在住。計理士の資格を持ち銀行で働いている。子供のころ柿《かき》の木から落ちて股《こ》関節《かんせつ》を折り、松《まつ》葉《ば》杖《づえ》なしでは歩けない。そのため徴兵は免れた。美津子の親友と結婚し、二人の子供を儲《もう》けるが、昭和二十一年に妻を亡くす。昭和二十三年二月の三回忌で美津子と葬式以来の再会をし、しばらくあとに手紙で結婚を申込み、美津子は受け入れる。両親はすでに亡く、姉は北海道の農家に嫁いでいる。五つの男の子と三つの女の子がいる。昭和二十三年六月に美津子と結婚。①⑵⑺巻

317頁　**白川美津子の二人の継子**　美津子（房江の姪《めい》）の再婚相手・白川益男の連れ子。美津子が昭和三十七年に房江に手紙をよこして、旭川に嫁いで十四年になるが、上の男の子は高校卒業後、札幌の信用金庫へ勤めていて、下の女の子はいま高校二年で、卒業後は小樽の水産会社への就職が決まっていると知らせてくる。①⑵⑺巻

326頁　**山下志《やましたし》乃《の》**　房江の先夫・山下則夫の後妻。昭和二十三年の三月、継子の正則を連れて御影の家に房江を訪ねてきて、金を無心した。三十五、六歳くらい。①巻

348頁　岩井道太郎《いわいみちたろう》（回想）　元子爵《ししゃく》で精栄海運の社長。玉音放送の翌日に首を吊《つ》って自裁。戦後、戦争協力者とされ、遺族は苦汁を嘗める。岩井亜矢子の父。⑴⑷巻

348頁　岩井亜矢子　のち塩見《しおみ》亜矢子　元子爵の娘。北沢茂吉の婚約者。昭和二十三年六月に芦屋《あしや》の空き地のバラックに母と住んでいたところを、熊吾と辻堂が訪ねる。美貌の気の強そうな娘。この時点で二十一、まもなく二十二歳。辻堂とその年の十月ごろにできてしまう。昭和二十四年一月、熊吾は亜矢子を訪ね、男に貢《みつ》がせるだけの女であると指摘し、薄汚なく、卑怯《ひきょう》だと侮辱、「顔にある唇だけじゃのうて下のほうの唇もひきしめておきなさい」と痛罵する。この言葉に亜矢子は深く恨みを抱いたようである。のち昭和二十五年の秋に三協銀行頭取の息子と結婚。塩見亜矢子となる。①⑵⑶⑷⑨巻

392頁　松坂道憲《まつざかみちのり》　熊吾の偽名。大阪で商売を始めて一年目に借金がかさなり夜逃げ、城崎温泉から二里の場所で偽医者をやっていたときに熊吾が名乗っていた。この名前が出るのは⑴巻。エピソードは⑴⑶⑷⑸⑹⑺巻で出る。

394頁　破傷風にかかった六歳の女児（城崎）（回想）　熊吾が偽医者をやっていた城崎温泉より二里北にある村でどえらい暑い日に運び込まれてきた六歳の娘。痙攣《けいれん》の症状を見せていたのだが、医者として信用されきっていた熊吾は大きな病院に連れていけと

言えず、日射病と診断する。翌夜に娘は死んだ。村の年寄りに破傷風で死んだ息子の症状とそっくりだったと教えられ、熊吾は自分の過《あやま》ちに気づき、偽医者をやめる。この経験が、のち、富山で破傷風の娘を助けるもととなる。繰り返し、この娘のことを熊吾はおもいだす。⑴⑷⑹巻

第二部　地の星

あらすじ／人物相関図／主要登場人物紹介

あらすじ

第二部　地の星

〝南宇和編〟

昭和二十六年春から昭和二十七年春まで。

熊吾五十四歳から五十五歳。伸仁四歳から五歳。

愛媛の南宇和に戻った熊吾は、後に身内となる予定の男を助けるために、衆人環視のなか獰猛《どうもう》な突き合い牛の眉間《みけん》を銃で撃ち抜いて殺し、騒動となった。四十年ぶりに故郷で再会した熊吾と同い年の〝上大道《わうどう》の伊佐男〟は人殺しのやくざとなっており、十四のときに熊吾との相撲で足が不自由になったことに恨みを抱き続け、熊吾をつけ狙《ねら》っている。

海老原太一にそそのかされ熊吾を裏切って去っていった井草正之助が、金沢で病に臥《ふ》せっていると聞き、熊吾は会いにいく。そこで戦前の中国貿易時代の親友、周栄文の子、谷山麻衣子十七歳と会い、麻衣子の進む道筋をつけてやる。

突き合い牛騒動で親密になった魚茂《うおしげ》こと和田茂十《わだもじゅう》が県会議員に立候補することになり、熊吾はその選挙参謀を引き受ける。しかし、魚茂の体調が悪くなり断念せざるをえなくなった。妹タネとその男・政夫《まさお》のためダンスホールを建てるが、開業前に政夫が事故を起こしてしまう。

上大道の伊佐男は、舎弟に裏切られ、命を狙われ、孤立する。多くの知り合いを失い、南宇和にこれ以上とどまるべきではない、と決意し、昭和二十七年春、熊吾は丸尾千代麿が知らせてきた中之島の土地を買うことにして、大阪へ戻る。

登場人物関係略図

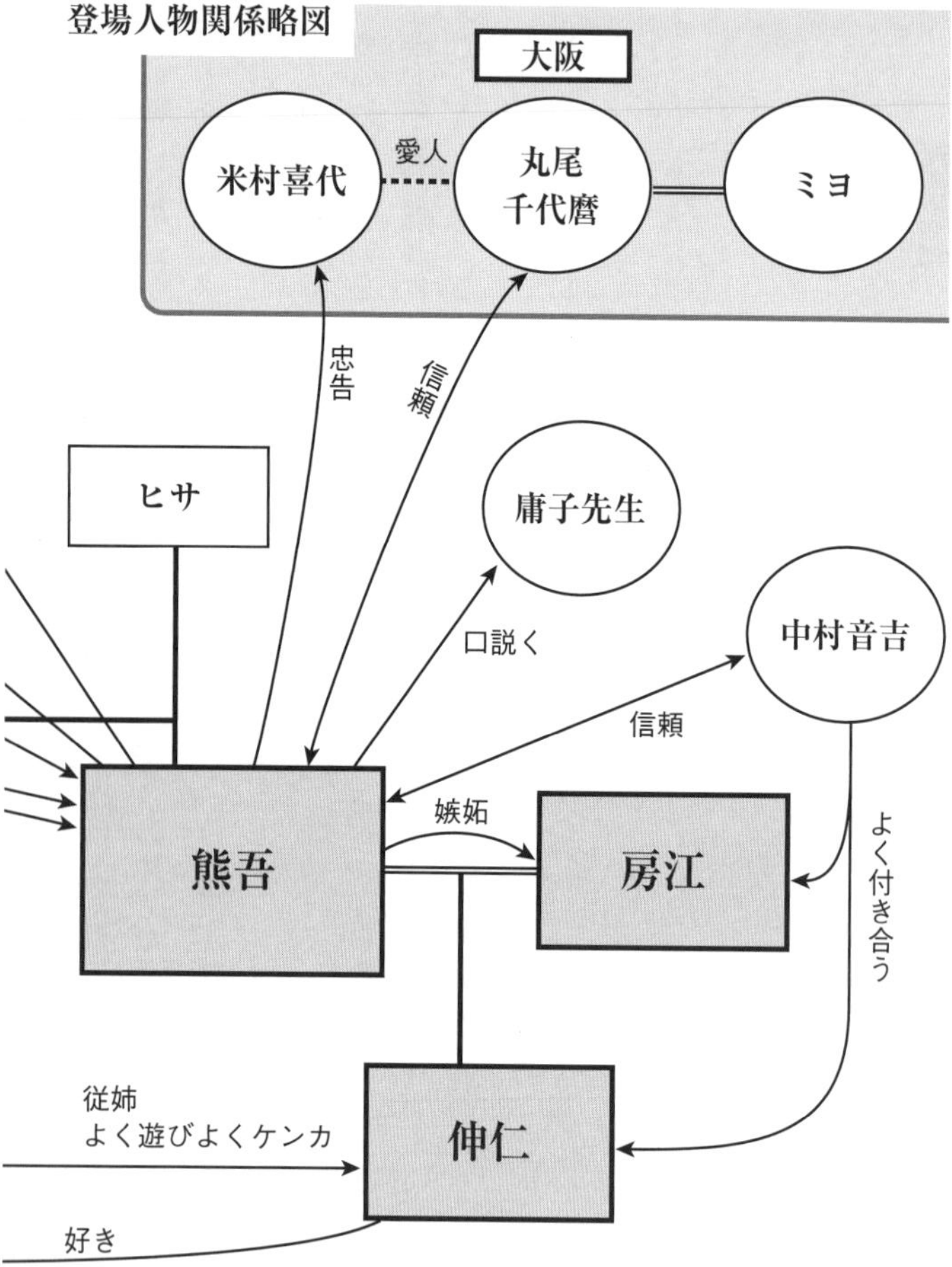
大阪
米村喜代
愛人
丸尾
千代麿
ミヨ
忠告
信頼
ヒサ
庸子先生
口説く
中村音吉
信頼
嫉妬
熊吾
房江
よく付き合う
伸仁
従姉
よく遊びよくケンカ
好き

第二部 地の星

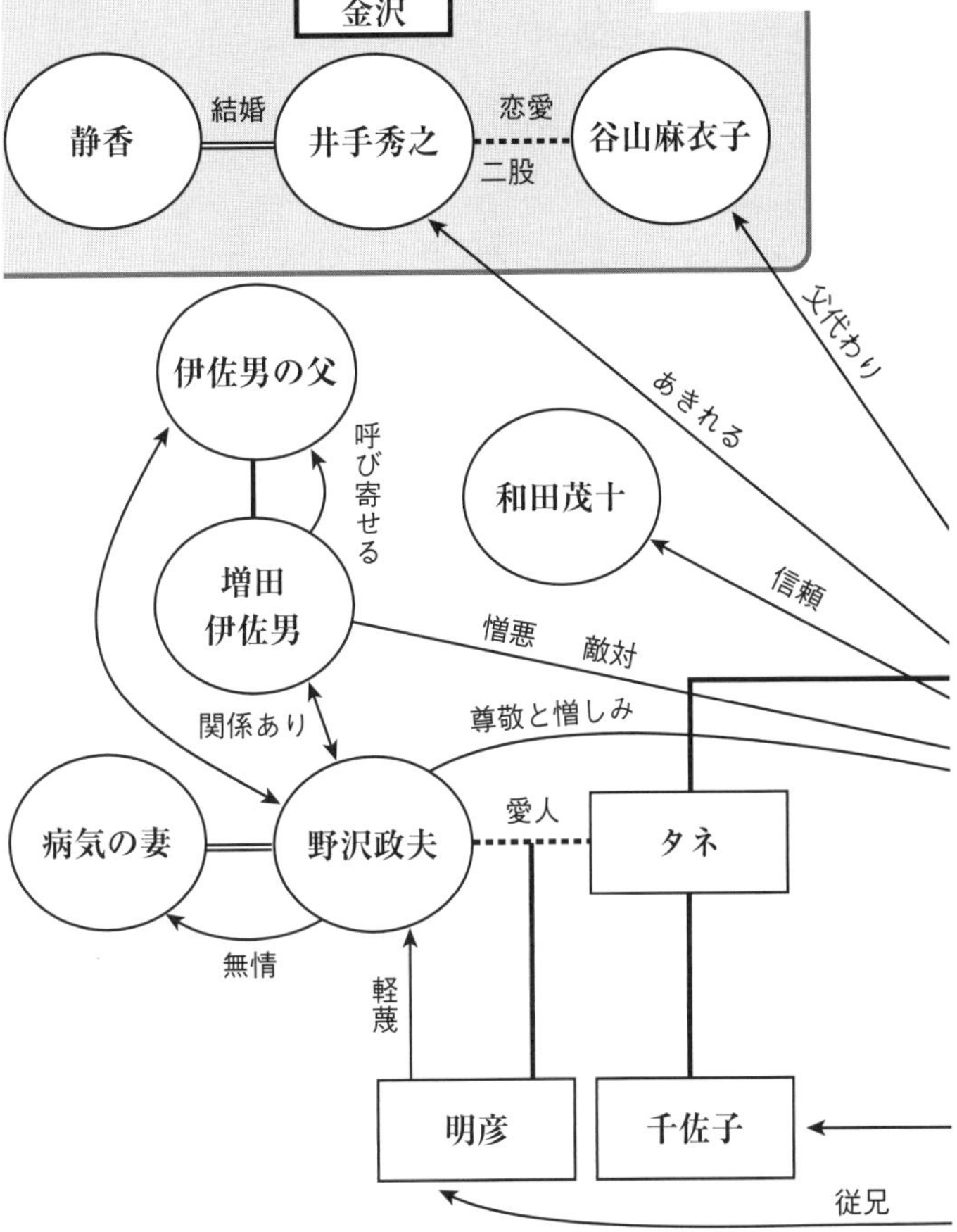
金沢
静香
結婚
井手秀之
恋愛
二股
谷山麻衣子
父代わり
あきれる
伊佐男の父
呼び寄せる
和田茂十
増田
伊佐男
信頼
憎悪
敵対
関係あり
尊敬と憎しみ
病気の妻
野沢政夫
愛人
タネ
無情
軽蔑
明彦
千佐子
従兄

第二部『地の星』主要登場人物紹介　登場順

丸数字は登場した巻数。（カッコ数字は話題・回想されていた巻）

5頁　バスの運転手　御荘《みしょう》出身で熊吾と顔見知りのバスの運転手。二巻冒頭に木炭バスを運転しながら熊吾に話しかけてくる。次週からやっとディーゼルに入れ替わると言っている（昭和二十六年の春）。熊吾や房江、伸仁がバスに乗るたびに、何らかのやりとりがあり、また熊吾たちの伝言を伝える係をやってくれる。「女房子供を養えて、休みの日には釣りができりゃあええんでなァし」と言っている。いちど甥《おい》から聞いたとして伊丹万作《いたみまんさく》の「だまされたとは何という恥かしい言葉であろう」という言葉を熊吾に話し、あんたは賢い人じゃと熊吾に感心される。その言葉は熊吾の胸に残ったようで、のち思い返すことがある。②⑷巻

7頁　増田伊佐男《ますだいさお》　上大道の伊佐男　やくざ。増田組組長。一本松村の出身。熊吾と同い年で幼いころからの知り合い。「上大道のてでなし子」と呼ばれていた。明治末年の十四歳ころ、熊吾との相撲で膝《ひざ》の骨を折り、それがもとで左足を引きずるようになり、熊吾を恨んでいる。相撲からしばらくして母を亡《な》くし、宇和島の遠縁の山師の夫

婦に引き取られ、夫婦の死後は島根、山口を転々とした。戦争が終わると広島で〈増田組〉という看板をあげ、あくどく縄張りを広げた。ここ一年で四国の五人の組長と若頭が殺されたが伊佐男の仕業だろうと言われている。乱暴で残忍だが頭は切れる。②(3)(4)(5)(6)(7)(8)(9)巻

14頁　長八《ちょうはち》じいさん　一本松村の名路集落の長老。昭和二十六年に八十六歳。「朝湯朝酒が好きで、頭もしっかりしている」。熊吾の生家の近くに住む。伊佐男に再会したあと熊吾が会いにいく。ずいぶん前に亡くなった長男が、熊吾を兄と慕っていた。その長男の嫁がリキ。昭和二十七年三月、熊吾が訪ねてきてじいさんと碁を打つ。その最中に熊吾は田舎暮らしを終え、大阪に戻ることを決意する。②(9)巻

15頁　松坂ヒサ　熊吾の母。昭和二十七年に八十一歳。明治四年（一八七二年）生まれ。亭主の亀造の四つ下。亀造が死んだあと（大正末年）五十三歳で男を家に引っ張りこんだので、熊吾が怒り、生家を売り払う。城辺《じょうへん》町の北裡《きたうら》にタネたちと住む。昭和二十八年の夏、宇和島を出たタネに連れられ大阪へ移る。しきりに南宇和に帰りたがり、昭和二十九年四月、熊吾たちの家を出ていってしまう。(1)②③(4)(5)(7)(9)巻

15頁　松坂タネ　熊吾の妹。房江と同い年。六歳のころから三、四年に一度、春先に奇妙な行動を取り、狸《たぬき》が憑《つ》いていると言われる。明彦《あきひこ》、千佐子《ちさこ》と二人の子供がいるが、

どちらも私生児で父が違う。房江はタネちゃんは「私の子分や」という。あとさきのことを考えずに行動に出てしまう。しかし心にまったくの悪意を持っていない。ゆったりと喋《しゃべ》るので、怒っているときも怒っているように見えない。昭和二十八年、熊吾の許しを得ずに宇和島・城辺の家を売り、大阪へ出てきてしまう。②③⑷⑤⑹⑺⑨巻

17頁　リキ　名路集落の長八じいさんの長男の嫁。子供が四人いたが末の子は昭和十八年に徴兵され南方で行方不明のまま。三十のときに亭主に死なれ後家を通す。舅《しゅうと》とのよからぬ噂《うわさ》を立てられ、夫が兄と慕っていた熊吾へ相談の手紙を出す。噂を気にするなと熊吾は返事をだした。房江が僧都《そうず》川《がわ》で鮎《あゆ》を手づかみすると熊吾に教える。のち中村音吉の話によると、末っ子はついに還《かえ》らず、のこり三人の子供はそれぞれ独立、元気に名路の家に一人でいる。孫は六人になる。②⑼巻

17頁　リキの子供たち　南宇和一本松村のリキの子供たち。長男は横浜で就職、上の娘は宇和島に嫁ぎ、下の娘は高崎で看護婦をしている、末っ子は昭和二十七年になって戦死公報がきた、と音吉の報告。⑵⑼巻

25頁　中田《なかた》　中田牛の持ち主。小心者だったが一本松村の百姓にしては珍しく、金儲《かねもう》けに対してこまめで計算高い人間。内緒で持ち牛を魚茂牛と闘わせようとする。家と田《たん》圃《ぼ》を賭《か》けちょる、と長八じいさんが教えてくれる。「勝ったら、新しいエンジンの付

いた鰹船《かつおぶね》を二隻《せき》貰《もら》うが、負けたら丸裸になっしまう」とのことでかなり無謀な試みのよう。どうやら上大道の伊佐男が何かを企《たくら》み、それにまんまとのせられたようだった。熊吾はその伊佐男の企みをつぶすことになる。②巻

25頁　**和田茂十**　**魚茂**　深浦の網元。「魚茂」と呼ばれる。熊吾の五歳下。先代の妾《めかけ》の子。先代の正妻に引き取られ、育てられる。学歴はない。鰹漁だけが生計だった魚茂に蒲鉾《かまぼこ》製造部門を設け、不漁期でも利益を得る道を開いた。議員になりたいという野心を抱いている。昭和二十六年春、魚茂の牛を撃ち殺してやった熊吾と仲良くなり、熊吾がその選挙参謀を買って出る。②(3)(4)(6)(9)巻

25頁　**野《の》沢《ざわ》政夫**　明彦の父。妻子がいる。昭和十二、三年ごろ、妻子を残し大阪で働いていたことがある。そのころタネが明彦を産む。生活能力のなさそうなやさ男。博打《ばくち》で負けて魚茂牛の勢子をやらされる。百姓をやっても続かず、漁師をする体力もない。明彦が生まれた直後（昭和十三年ころ）は、「宇和島にある船舶用エンジンの販売店に勤めて、まじめに働き」「二年間、無駄遣いをせずに貯《た》めた金で、タネのために上等の鏡台を買い」一本松まで運んできた。昭和二十六年、鰹船をもらって操船するが、見ていてはらはらすると魚茂の連中に言われている。②(3)(4)(5)(9)巻

25頁　**松坂明彦**　松坂タネの長男で私生児。熊吾の甥。父は野沢政夫。伸仁の九歳年長

の従兄《いとこ》。昭和十三年（一九三八年）の生まれ。勉強ができる。あまり自己主張しない。四歳の仲仁がなついている。松山の高校へ行って寄宿舎へ入りたいと言っていた。昭和二十八年春に単身で大阪へ出て、熊吾の友人の杉野《すぎの》信哉《しんや》の家に下宿し、高校へ通う。大学へは進まなかった。昭和四十一年秋に結婚する。②③⑸⑹⑨巻

27頁　**松坂千佐子**　松坂タネの第二子。私生児。父は御荘町の自転車屋の妻子ある男。長身の男だった。仲仁の一つ上の従姉《いとこ》。幼いころは一緒によく遊んでいる。中学では水泳部に入った。高校を卒業して御堂筋《みどうすじ》で働きだすと界隈《かいわい》でも指折りの美人と噂になる。モデルの仕事もする。日本人離れした脚の長さ。②③⑷⑤⑥⑨巻

35頁　**和田完二《かんじ》**　茂十の次男。長男が戦死したため後継ぎとなる。二十歳を少し過ぎたくらい。喜助のじいさまから熊撃ち銃を借りてきて熊吾に渡した青年。召集されただけで内地におりました、と銃を渡すときに熊吾に言った。兄と違って小さいときから気が弱かった、とのちに語っている。②巻

41頁　**宮崎猪吉《みやざきいのきち》**　熊吾の尋常小学校時代の同級生の警察官。巡査。猪《いの》やんと呼ばれている。上大道の生まれ。熊吾の助言によって警官になった。魚茂牛を殺した直後の熊吾に事情を聞きにくる。来年昭和二十七年六月で停年だという。喜助のじいさまの話によると、大正八年ころに一本松の役場に忍び込んだ盗人を、巡査になりたての猪吉が

捕まえ、署長賞をもらった。それが増田伊佐男の父だった。停年後は海産物加工会社の守衛になったらしい。②⑼巻

49頁　**中村音吉**《なかむらおときち》　南宇和・城辺町の鍛冶屋《かじや》。彼の父が熊吾と飲み友だちだった。昭和十九年に召集されてビルマに行き消息不明だったが昭和二十六年四月に帰還した。旧陸軍の軍服姿のまま「熊のおじさん。ただいま帰って来ました」と報告する。工夫のうまい腕のいい鍛冶屋。松山の工業専門学校へ進学する金を、神戸にいた熊吾が貸した。それ以来熊吾に恩義を感じ、ヒサとタネをよく気にかけてくれている。戦地でマラリアを患《わずら》い、帰還後も何回か再発する。のち熊吾の勧めで自転車屋も経営し、軌道に乗せる。大阪にいる熊吾たちと故郷愛媛をつなげてくれる存在としてしばしば登場する。②③⑷⑤⑻⑨巻

56頁　**中村音吉の娘**　昭和二十六年四月、音吉が帰還したとき七歳。初めて見る父を、母と一緒に支えて歩いていた。音吉が熊吾に挨拶《あいさつ》したとき、熊吾が頭を撫でている。伸仁の三歳上になる。十数年後、今治《いまばり》のタオル工場の次男との縁談が決まったと音吉が知らせてくれる。②⑸⑼巻

136頁　**塩見副頭取（三協銀行）**　岩井亜矢子の結婚相手。昭和二十五年の秋に結婚した。三協銀行の頭取の長男。のちに「三協銀行の副頭取」と紹介されている。亜矢子とは

愛のない結婚をしたとされ、お互いに愛人がいる。⑵⑶巻

183頁　**井《い》手《で》秀之《ひでゆき》**　高校生の麻衣子の交際相手。金沢の有名な料理屋の次男。柔道三段の野太い体格。昭和二十六年の時点で二十三歳、この春、金沢大学を卒業したとき親の決めた相手（静香《しずか》）と結婚し、金沢大学で淡水魚の研究を続けている。麻衣子やその種違いの兄（信太《しんた》郎《ろう》）とは子供のころから仲がよく、中国人の子と言われる麻衣子を守り続けた。静香と離婚して、麻衣子と結婚するが、どうも腰が据わらない。彼の挙動を見て、麻衣子の世話をしていた丸尾千代麿の妻・ミヨは「あの人、どっか狂てしもてますわ」と言う。②③⑺⑼巻

183頁　**静香**　麻衣子と井手秀之の関係を知りながら、強引に井手と結婚した相手。井手は自分の両親と静香が勝手に進めた結婚だと言う。⑵⑶巻

202頁　**谷山信太郎**　麻衣子とは父が違う兄。つまり谷山節子の長男。麻衣子の四つ上。二十一歳（昭和二十六年当時）。大阪の建築会社に勤めている。ずっと麻衣子と従兄妹と言われ育った。子供のころの麻衣子を「チャンコロの子」と呼ぶ連中を井手秀之と一緒にかたっぱしから殴りとばしてくれた。井手と静香の結婚話が出たとき、静香の兄を千枚通しで刺してしまい、それを不問にするかわりに、井手は静香と結婚したとのこと（井手の説明）。兄本人は出てこない。のち九巻でも麻衣子の口から兄の話は

出るが当人は登場しない。⑵⑼巻

209頁　丸尾ミヨ　丸尾千代麿の妻。昭和二十六年の時点で結婚して二十年。子供がない。丸尾運送では夫を手伝って事務をしていた。「一見、――どことい って特徴のない、善人ではあっても無個性過ぎる」という印象を熊吾は持っていた。のちに「芯《しん》が強く思慮深く辛抱強くて賢い女」だと熊吾はおもいしることになる。じつに懐《ふところ》の深い女性である、ということが物語が進むにつれわかってくる。②③④⑤⑥⑦⑻⑨巻

215頁　米村喜代　丸尾千代麿の愛人。大阪・福島天神近くのおでん屋の女主人。美恵《みえ》の母。昭和二十六年七月、熊吾が大阪に寄ったおりに千代麿が引き合わせてくれた。登場したのはこのシーンのみ。昭和二十六年の七月に三十六歳。女にしては骨組みの太い、血色のいい、そのくせ、どことなく寂しそうな顔つきで、眉間に小さな黒子《ほくろ》がある。ある瞬間には美人に見えるのだが、別の瞬間には千代麿の妻より無器量に見える。芯の強そうな目の光をしている。両親は小さいときに死に、祖父母に育てられた。祖父は十六のときに死に、兄と弟がいたがどちらも戦死した。丹波で祖母が一人暮らしをしている。それが米村ムメ、この時点で八十五歳。千代麿の子供を産むため、おでん屋を閉めて祖母のいる田舎に帰った。ただ父のない子を産むにはあまりに閉鎖的な田舎なので、祖母とともに城崎に移り、昭和二十七年の二月に女児を出産した。それ

が美恵。温泉街に千代麿が店舗を借りてやり、昭和二十八年の早春、おでん屋を始めた。②⑶⑷⑸⑹⑺巻

219頁　**米村ムメ**　米村喜代の祖母。母代わりに喜代を育てた。丹波に住んでいた。昭和二十七年正月で八十六歳。喜代とともに城崎温泉に移り住み美恵と三人で暮らす。房江は「ちゃんとした家に生まれて、ちゃんとした教育を受けた人やって気がする」と言っていた。一緒に暮らした麻衣子によれば、「高知生まれやねん。十九で結婚して、たった三年でご主人を亡くしはってん。――自分のことを話したのは、それくらい」とのこと。⑵③⑷⑸⑥⑺巻

228頁　**松坂キク（回想）**　熊吾の姉。亀造とヒサの長女。嫁入りせぬまま十七で死んだ。その葬式のおり、得意がって先頭を歩こうとする七歳か八歳の熊吾は「きょうは、いばってはいけない日だ」と父の亀造に叱られた。増田伊佐男に目の下に火傷《やけど》を負わされている。彼女の名前が「キク」とでているのは二巻三〇五頁。⑵⑹⑼巻

256頁　**増田伊佐男の父**　上大道の伊佐男の父親。宿毛《すくも》の大工。むかし、一本松の役場に盗みに入り、巡査になりたての宮崎猪吉に捕まった。そのことを根にもって猪吉に報復するのではないかと疑われている。刑務所を出たあと、ならず者《もん》とのいざこざで腰の骨を折って一人で歩けない。最近（昭和二十六年）になってから御荘に住んでいる。

この当時七十五、六歳。②⑷巻

257頁　**増田ウマ（回想）**　伊佐男の母。高知の色街から命からがら逃げてきた。増田家の嫁が死んだので後妻に入ったがすぐに亭主が死に、姑《しゅうとめ》の世話をしているうちに宿毛の大工とできて孕《はら》んでしまい、世間体もあるので、自分で何度も堕《お》ろそうとしたがついに果たせず、生まれたのが伊佐男。貧しくて三歳の伊佐男を殺そうとしているのを熊吾の父・亀造が止めたことがある。まことに不幸な女、と喜助のじいさまがいう。三十四で死んだ。昭和二十年になって伊佐男が墓を建てた。⑵⑷巻

310頁　**和田茂十の妻**　夫に高知に女がいたことを知ったあと、房江とただ話しているのを見ただけで、二人の仲を疑って騒ぎだした。②巻

316頁　**浦辺《うらべ》ヨネ**　城辺の飲み屋の女将《おかみ》。「お世辞にも器量良しとは言えないのだが、話し上手で朗らかなところが」男たちに気に入られ、店はけっこう繁盛《はんじょう》していた。昭和二十六年のこと。タネとは尋常小学校の同級生で幼いころはしょっちゅう一本松の松坂家に来てタネと遊んだ。四歳のとき赤木川で溺《おぼ》れかけて上大道の伊佐男に助けられた。弟が三人いたが一番上の弟は十二のときに、下の二人も戦争で死んだ。十六で大阪に奉公に出たあと父が亡くなり、そのあと大阪の大正区でおでん屋を営んでいたが、空襲が激しくなる前に店を畳み、一本松に戻ってきた。母もヨネが帰ってきた昭和二

十年に死んで、天涯孤独。一度結婚したが、すぐに夫に先立たれ、そのあと独身を通している。昭和二十七年十一月、伊佐男の子である長男の正澄《まさずみ》を出産、昭和二十八年六月に熊吾を訪ねてきたとき、城崎で店をやらぬかと持ちかけられ即決、翌七月には城崎で店を始めた。谷山麻衣子が昭和二十九年八月から城崎の暮らしに加わる。昭和三十三年五月、病気になる。②③⑷⑸⑥⑺⑻巻

366頁　庸子《ようこ》先生　南宇和・城辺の小学校の音楽の先生。大阪の音楽大学出身。昭和二十七年で二十二、三歳。きれいな先生でダンスがうまいので評判。熊吾が温泉に誘ったことがある。そのことをわざわざ房江に漏らしていた。十数年のち十九歳になった伸仁に、房江が、城辺のダンスホールを覚えているかと聞いたとき「学校の先生が踊りに来てたやろ？　きれいな女の先生や」と覚えていた。②⑼巻

410頁　谷野《やの》夫婦　音吉のものになった自転車屋の裏の農家の夫婦。私道を通るなら通行料を払えと狭量なことを言いだす。夫のほうは猪吉の妻の従兄。自転車屋と私道を挟んで向かいの老婆《ろうば》が一人で住む家を熊吾が買取り、自分の家二つで挟んだので、そのあいだの私道もわしのもんになる、という熊吾の「挟み将棋理論」にびびった夫婦。②⑸巻

第三部　血脈の火

あらすじ／人物相関図／主要登場人物紹介

あらすじ

第三部　血脈の火

〝大阪土佐堀川編〟

昭和二十八年春から昭和三十年五月まで。

熊吾五十六歳から五十八歳。伸仁六歳から八歳、小一から小三。

大阪に戻った熊吾は、消防ホースの修繕会社と雀《ジャン》荘《そう》と中華料理店を同時に始めてしまう。雀荘と中華料理店は妻の房江に多くを任せる。

そんなおり愛媛に残していた母と妹一家がいきなり上京してくる。妹タネはすぐに新しい男（寺田《てらだ》権次《ごんじ》）を家に引き込む。母ヒサは愛媛に帰りたがり痴呆《ちほう》状態となり、ある日、房江が目を離したすきに家を出て、その後、杳《よう》として行方がわからなくなった。

三つの仕事のうえ、同郷だった杉野信哉（熊吾の最初の妻・貴子の兄）と「プロパンガス販売代理店」の会社を設立する。

ただ昭和二十九年の洞爺《とうや》丸《まる》台風で、ホース修繕用の接着材四トンを水没させ大損害を被《こうむ》り、再建にも奇妙な邪魔が入り、修繕会社の継続を断念する。また、プロパンガス代理店も杉野に任せて身を引き、「きんつば屋」と「立ち食いのカレーうどん屋」を始めた。

京都にいた周栄文の娘・麻衣子は、十八で離婚し、大阪に出てきて、丸尾千代麿の運送会社で働きはじめる。上大道の伊佐男の子（正澄）を産んだ浦辺ヨネは、ひょんなことから丸尾千代麿の愛人の子とその曾祖母《そうそぼ》を引き受けることになり、城崎に移り住んだ。そこへ麻衣子も合流することになる。幼子二人と、麻衣子、浦辺ヨネ、幼子の曾祖母という五人の不思議な家族が形成される。

土佐堀川沿いで暮らしているうち、伸仁は川を行き来するポンポン船の乗員たちと仲良くなる。伸仁が船上生活をしている一家に届けものをしたあとに、その船が炎上する。伸仁たちはすんでのところで逃げ、沈み行く船を茫然《ぼうぜん》と見つめるしかなかった。

登場人物関係略図

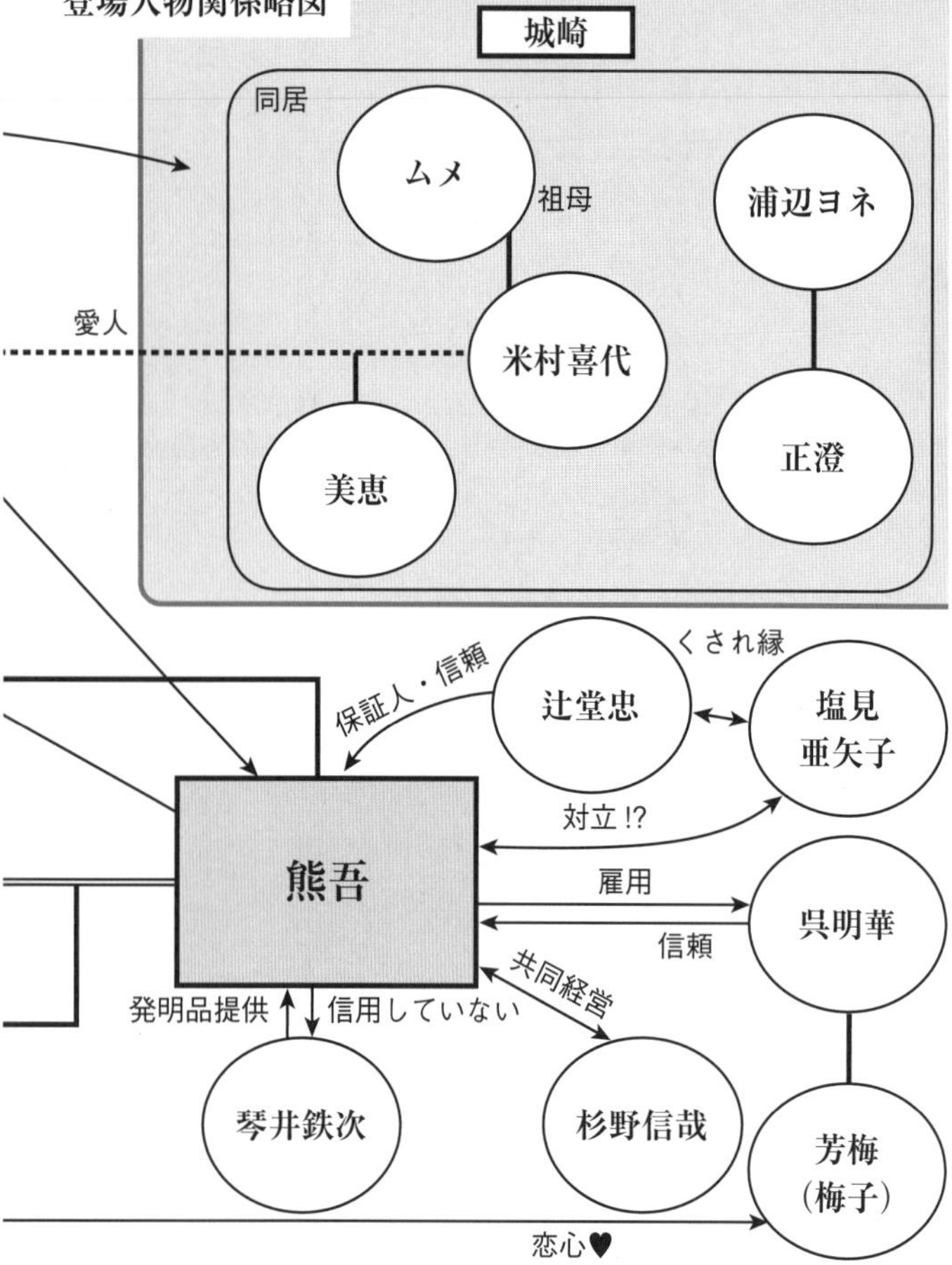

城崎
同居
ムメ
祖母
浦辺ヨネ
愛人
米村喜代
美恵
正澄
保証人・信頼
辻堂忠
くされ縁
塩見
亜矢子
対立!?
熊吾
雇用
呉明華
信頼
共同経営
発明品提供
信用していない
琴井鉄次
杉野信哉
芳梅
(梅子)
恋心♥

第三部 血脈の火

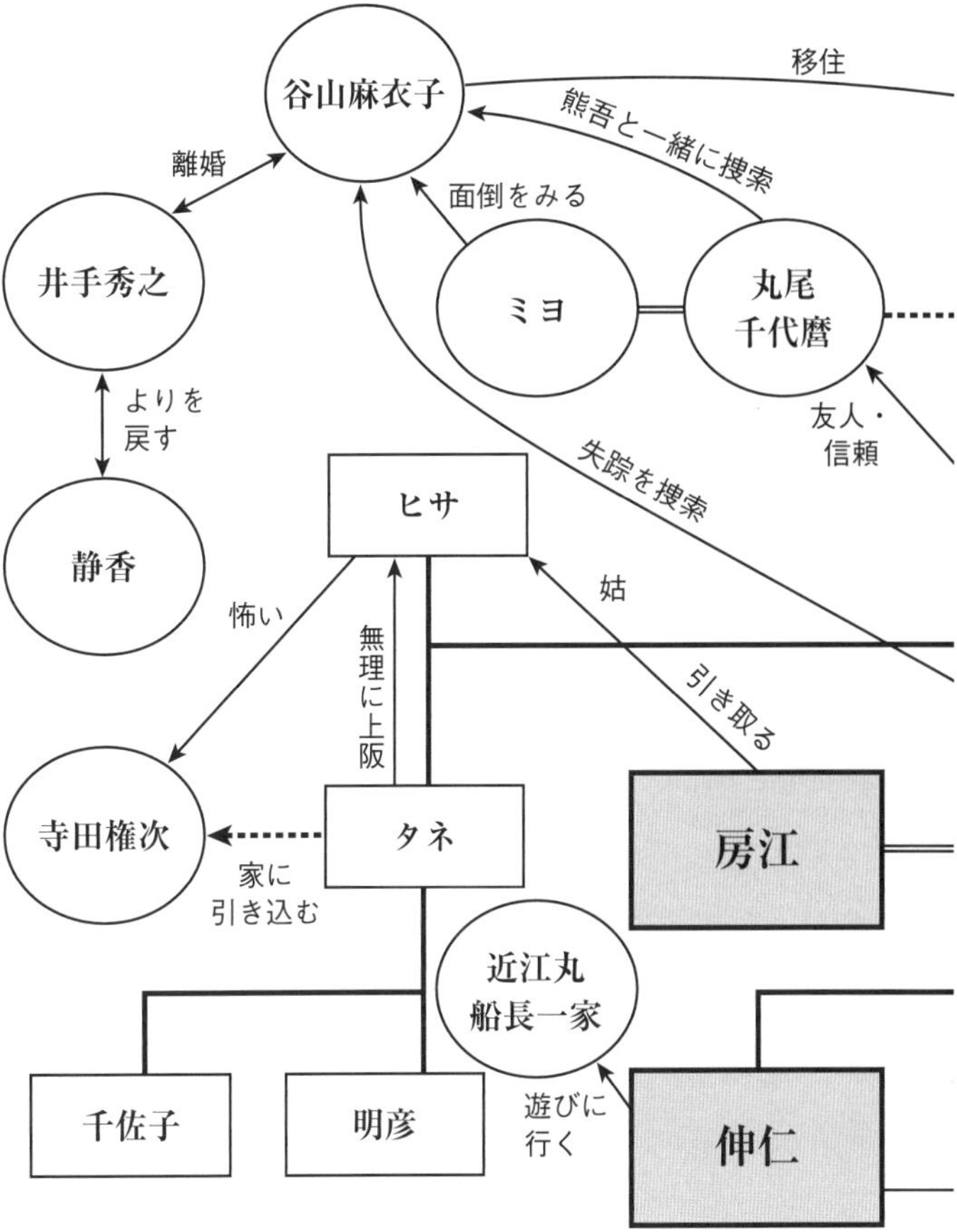
谷山麻衣子
移住
熊吾と一緒に捜索
離婚
面倒をみる
井手秀之
ミヨ
丸尾
千代麿
よりを
戻す
友人・
信頼
失踪を捜索
ヒサ
静香
姑
怖い
無理に上阪
引き取る
寺田権次
タネ
房江
家に
引き込む
近江丸
船長一家
千佐子
明彦
遊びに
行く
伸仁

第三部『血脈の火』主要登場人物紹介　登場順

丸数字は登場した巻数。（カッコ数字は話題・回想されていた巻）

10頁　青木照三《あおきしょうぞう》　近江丸《おうみまる》船長　荷運びのポンポン船・近江丸の船長。近江丸が家の近くを通るとき、伸仁はいつも手を振る。おっちゃんもおばちゃんも、ぼくに手を振ってくれはんねや、と伸仁は言う。船長は四十五、六歳の男。船上生活者。とても真面目《まじめ》だがかなりの酒乱で嫉妬《しっと》心が強い。伸仁が雀荘の麻雀牌《マージャンパイ》を貸したことによって、港湾労働者と諍《いさか》いを起こし、船の停泊場所を安治川口から常安橋《じょうあんばし》の近くに移す。③⑷巻

10頁　青木照三の女房　青木の妻。青木と同年ぐらい。昭和二十八年春に二人の子持ちで三人目を妊娠中。秋に男の子を出産した。熊吾が話を聞いたとき「あんなに優しい人はいてへん」「あの人よりも優しい人には逢《お》うたことがあれへん」と亭主のことを語る。亭主に、男がいるだろうと、疑われて暴力を振るわれている模様。③⑷巻

10頁　青木くに子　近江丸夫婦の長女。昭和二十八年春に五、六歳。③巻

11頁　青木さとし　近江丸夫婦の長男。昭和二十八年春に二歳半。③巻

12頁　杉野信哉　熊吾が十八のときに駆け落ちした杉野貴子の兄。熊吾と同い年。大阪

で警察官をやっている。昭和二十八年三月時点で曾根崎警察署の交通課の課長。半年前まで西成《にしなり》署にいた。熊吾と同い年だが熊吾を「兄《あに》さん」と呼ぶ。二十三歳で大阪に出てきたとき（大正九年ごろ）熊吾が大阪府警に顔が利《き》く男を紹介し、警察官になる便宜をはかってやった。六尺近い体軀《たいく》。柔道三段。帝塚山《てづかやま》に住む。子供がいないので熊吾の甥・明彦を養子にもらいたがる。昭和二十八年九月停年退職。熊吾が誘いプロパンガス販売代理店〈杉松産業〉の共同経営者になる。経営者としては、熊吾とウマが合わなかった。③⑷⑸巻

16頁　高玉林《こうぎょくりん》　淡路島に住んでいる台湾人の宝石ブローカー。昭和二十八年に四十七、八歳。昭和十九年に上海で周栄文と会ったというので昭和二十八年三月、熊吾が会って話を聞く。特別な香港《ホンコン》ルートで中国本土の周栄文に手紙を届けられるかもしれないというので熊吾は頼む。料金は乗用車が買えるほど。雲南省の生まれ、父は宝石商だったが、国民党に傾倒したあと追放された。昭和二十年に台湾に逃げ、香港に渡り、昭和二十五年から日本にいる。翡翠《ひすい》を売っている。昭和二十九年八月、周栄文からの返事を届けてくれた。昭和三十一年六月、曾根崎商店街の雀荘の親父《おやじ》が、高はもう一年ほど店に来ていない、ニセモノの翡翠を売って、警察に追われているらしいとの消息を伝える。③⑷⑺巻

25頁　**杉野加根子《かねこ》**　杉野信哉の妻。熊吾や杉野と同じ南宇和の出身。子がないので伸仁をかわいがっている。夫とともに明彦を養子にと願っている。潔癖症。昭和二十九年夏、明彦と伸仁を連れてディズニーの漫画映画を見に行っている。愛媛の一本松村から東へ二十キロほど行ったところの町に弟夫婦が住んでいる。③⑷巻

29頁　**米村美恵**　丸尾千代麿と愛人・米村喜代の子。昭和二十七年（一九五二年）二月生まれ。伸仁の五つ下になる。城崎で育てられた。三歳にもなっていないが正澄を「堂々と可《か》愛《わい》がる」と麻衣子が感心していた。昭和三十二年、五歳のときより大阪へ移る。③⑷⑤⑥⑦⑻⑨巻

37頁　**高瀬《たかせ》勇次《ゆうじ》**　富山の自動車修理業者。昭和二十八年三月、大阪の柳田商会に中古車部品を買いにきたところに熊吾が偶々《たまたま》居合わせ知り合う。やぶにらみの男。名刺には「自動車修理・解体」とあった。何度か会ううちに、富山で一緒に中古車部品の会社を始めないかと誘われ、昭和三十一年春に熊吾は一家で富山に移住した。ただきわめて吝嗇《りんしょく》なうえに、機敏さがないのを見て、熊吾は富山での創業をあきらめ、彼には町工場を続けるように提言する。ゴムを塗った軍手に興味を持ち、その工場も始めた。昭和三十一年の時点で高瀬は五十四歳。自分のことについて語らないので、来歴がいっさいわからない。熊吾はひょっとしたら日本人ではないのかもしれないとおもって

いるが本当のところはわからない。幼少時から貧乏にまみれてきて、友人を持たず、頼れる親兄弟もなく、二十五も下の桃子と終戦直後に所帯を持った。房江も大阪へ引き上げたあと、富山に一人残った伸仁を預かってくれた。のち、大阪にも高瀬勇次の作ったゴム軍手が出回っているのを見かけ、その成功を熊吾は喜ぶ。血圧が高く、体調不良のことがある。③④⑸⑹⑺巻

51頁　琴井《ことい》鉄次《てつじ》　接着材の研究者。筒井医師の妻の弟。大学に残って研究を続け、布どうしを強力に接着できる接着材を作った。根っからの共産主義者のようで、戦時中に共産主義を求めて中国に渡り、昭和二十八年三月に中国からの帰還船で帰国する。頭が異様に大きく逆三角形の顔をしている。彼の接着材を「テントパッチ」と名付け、破れた消防ホースを補修する事業を熊吾は始める。③巻

69頁　呉《ご》明華《めいか》　腕のいい中華料理のコック。熊吾が昭和二十八年六月から始めた平華楼で雇った。当時四十歳。滅多に笑わないので最初はとっつきにくかった。しかし妻思いで子《こ》煩悩《ぼんのう》で、誠実な人間だとわかり、房江は信頼していた。昭和三十年に平華楼を閉めたあとは神戸で働く。「関の孫六」を一時、預かっていたことがある。③⑷⑸⑹⑺⑧巻

74頁　深《み》山《やま》光恵《みつえ》　伸仁の曾根崎小学校入学時の担任の先生。肉を食べないので伸仁を学

校に七時間残したことがある。③⑷巻

84頁 観音寺のケン 姫田《ひめだ》健蔵《けんぞう》 船津橋界隈《かいわい》の顔利きのやくざ。小一の仲仁と仲良くなり可《か》愛《わい》がってくれた。仲仁の三十歳上、大正六年（一九一七年）生まれ。お袋は売春婦でケンが十三のときに首を吊《つ》って死んだ。父は誰かわからない。十六のとき好んでこの道を選んだと言っている。昭和二十八年夏で「人を六人も殺し、いままた七人目を殺すために神戸へ行った」と仲仁が熊吾に教える。松坂一家といろいろかかわることになる。昭和三十一年には愛人を富山に移住させ、松坂家に世話を頼んだ。また熊吾が頼み事をしたこともあった。三巻四巻によく登場。六巻にも出てくる。③④⑸⑥⑺⑻巻

85頁 倉田《くらた》百合《ゆり》 観音寺のケンの愛人。名前が出てくるのは四巻。昭和二十八年当時は、戎《えびす》神社の裏で飲み屋をやっていた。小学一年のときの仲仁について「ひょこひょこと歩いてるうしろ姿を見てたら、抱きしめとうなる」と言っていた。昭和三十一年、一時、富山に住み、房江と頻繁に行き来があった。③④⑹巻

91頁 坂田《さかた》照夫《てるお》 熊吾の顔見知りの馬車引き。十三歳の馬の花子に引かせている。ビルマに出征していた。仲仁は「馬のおっちゃん」と呼ぶ。耳の聞こえない亭主のやっているうまいおでん屋で熊吾と飲む。貧乏人の子だくさんの家に生まれ育ち、教育も受

けていないと自分で言う。前の女房とのあいだに十六になる男の子がいるが復員後、一回しか会っていない。詳しい事情までは聞かなかった。いま、女房の腹に子供がいる。③巻

139頁　浦辺《うらべ》正澄　浦辺ヨネの子。昭和二十七年（一九五二年）十一月生まれ。父は上大道の伊佐男。伸仁の五つ下、学齢では六学年下。美恵とは同年生まれの九か月差で学齢が一つ違う。昭和二十八年六月にヨネが熊吾の家につれてきたのが初登場。生まれたのは大阪の天王寺、のち城崎へ移り育つ。③④⑤⑥⑦⑧⑨巻

156頁　梅子《うめこ》　呉《ご》芳梅《ほうばい》　コック呉明華の一人娘。本名が呉芳梅、日本人相手には梅子と名乗っている。伸仁とおない年。伸仁の初恋の相手。伸仁と仲が良かったらしいが、物語には直接登場しない。とてもきれいな子だったよう。⑶⑷⑸⑻巻

163頁　寺田権次　熊吾の妹タネが大阪で一緒に暮らしはじめた妻子ある男。六尺近い大男。昭和二十八年で五十九歳。熊吾の三歳年長なので明治二十七年（一八九四年）生まれ。刺青《いれずみ》も入れておりかつては本物の博打《ばくち》打ちだったらしい。堅気ではない。いまはいちおう大工。工務店をやっている。大工としてはそこそこ腕がいいらしい。③⑤⑹⑺⑻⑨巻

166頁　寺田権次の息子　大工。工務店を営んでいる。ときどき登場する。⑶⑸⑹⑼巻

170頁　青木りょうちゃん　昭和二十八年秋に生まれた青木夫婦三人目の子供。「りょうちゃん」と伸仁が呼んでいる。③巻

194頁　柳のおばはん　小柳《こやなぎ》　もともと山本倉庫の二階で客を取っていた女。のち川べりにバラック小屋を建て、ホルモン焼き屋を始め、奥で女に客を取らせているという。昭和二十九年の暮れ、そういう女でござるかと房江たちに聞いてきた巨漢が現れ、房江たちと関わりを持つ。③⑷⑺巻

207頁　野田阪神駅前交番の親切な警察官　野田阪神の駅前交番にいた若い警察官。昭和二十九年四月、熊吾の母ヒサが行方不明になったとき親身に相談にのってくれる。同年十一月（三巻三八九頁）にも登場。また昭和三十二年夏（五巻一二八頁）にも房江と出会ったときに、いろいろ話をしてくれた。③⑤巻

268頁　石黒哲三《いしぐろてつぞう》　プロパンガス販売の権利を握っている大崎産業の関西営業総局長。ことし五十。生真面目で、酒はほとんど飲めず、船が描かれた外国切手の収集が趣味。京都大学出身。彼の伯父が東亜証券の専務で、その姪《めい》（彼の従妹《いとこ》）が辻堂忠と来年結婚すると、昭和二十九年夏に熊吾に話す。熊吾は接待のおりに稀少《きしょう》なオランダの切手を杉野から手渡しさせるが、無骨なので、かなり無様に手渡すことになる。③巻

271頁　辻堂忠の再婚相手　東亜証券の専務の姪。辻堂の五つ下で昭和三十九年に三十七

歳。辻堂にとっておそらく出世の糸口となる結婚。彼女も再婚で、前の亭主は戦死している。彼女の父は専務の弟で、大学で経済学を教えていたが戦後すぐに肺結核で死去した。石黒の話で説明されただけで、実際には登場しない。⑶⑷巻

292頁　桝井《ますい》啓作《けいさく》・多加志《たかし》兄弟　プロパンガス代理店杉松産業の最初の社員。昭和二十九年、会社立ち上げ前からかかわる。「面長で、小粒な目の兄と、度の強い眼鏡をかけた唇の厚い弟」。もともと水道工事の仕事をしていて、免許も持っている。のち実質的に会社を動かすことになる。③⑷巻

301頁　杉下《すぎした》　桜橋の開業医。千代麿の将棋仲間で、ダットサンを貸してくれるときに熊吾と会った。熊吾の靴が白くなっているのを見て、糖尿病ではないかと言い、休診日にもかかわらず尿を検査してくれ、熊吾が糖尿病であることが判明した。昭和二十九年秋。③巻

340頁　小谷光太《こうた》郎《ろう》　医師。昭和二十九年に熊吾の糖尿病を診て以来、松坂家のかかりつけ医となる。もと京大病院の内科医長だった。この時点で六十二歳、熊吾の五歳年長。いまは個人医院の小谷医院を開いている。もと淀《よど》にあったが昭和三十一年夏に大阪の福島天神近くに開院する。房江の気鬱《きうつ》や腎盂炎《じんうえん》、伸仁の虚弱体質も診てくれた。医療保険を否定しているため、診察料は高くかかる。のち水俣《みなまた》病とも関わることになる。

③④⑤⑥⑦⑻⑼巻

346頁　小谷聖司《せいじ》　小谷光太郎医師の息子の医師。名前が出るのは四巻三三四頁。昭和二十九年十一月時点では阪大病院に勤めている。父と医療保険に関する意見が違うので、小谷医院では働いていなかった。やがて小谷医院を継ぐ。⑶⑷⑺⑼巻

381頁　宝田《たからだ》よし子　辻堂が紹介してくれた闇《やみ》の金貸し。辻堂とは顔見知り。昭和二十九年十一月、熊吾がまとまった額を借りるときに会った。相場師のやっている闇金融で、彼女はただの窓口の模様。三十二、三歳。③巻

412頁　竹下《たけした》よし子・ヨシカズ姉弟　伸仁が子分になった近所の小六の子とその中二の姉。母は物静かな四十前後の女性で、若いころから妾《めかけ》をしていて、旦那《だんな》とのあいだに二人をもうけた、と近所の噂《うわさ》。金魚の卵を見せてくれるといったので伸仁は四つ上のヨシカズくんの子分になったが、見せてくれずに子分をやめる。よし子ちゃんは中学二年生なのにもう十七、八みたいに見えるなかなかのべっぴんさん。③巻

413頁　バラック小屋を素手で壊した頬髯《ほおひげ》の大男　謎《なぞ》の大男。昭和二十九年の年末に突如、中之島にあらわれ〝柳のおばはん〟が店を営んでいたバラック小屋を素手でまたたく間に壊した。目も鼻も口も耳も頬骨も大きい男。侍言葉を使って喋《しゃべ》るので房江はふつうの人間ではないとおもう。その翌年、昭和三十年五月に玉川町の縁日で熊吾一家に

出会い、柳のおばはんの行方を聞いてくる。さらにもっとのちにも伸仁と熊吾が梅田で見かける。③④⑦巻

487頁　西条《さいじょう》あけみ　森井《もりい》博美《ひろみ》　ＯＳミュージックの踊り子。ヌードダンサー。小三の伸仁のお気に入りダンサーだった。伸仁が楽屋を訪れたり、ばったり出会って飲みに行ったりしていた。本名は森井博美。長崎出身で昭和三年（一九二八年）生まれ。昭和三十一年六月に熊吾といるときに顔に大火傷《やけど》を負い、それがもとで熊吾と深い関係になる。昭和三十六年に熊吾と再会して、ふたたび付き合いが始まる。③④⑦⑧⑨巻

第四部　天の夜曲

あらすじ／人物相関図／主要登場人物紹介

あらすじ

第四部　天の夜曲

〝富山編〟

昭和三十一年三月から同年九月まで。
熊吾五十九歳。伸仁九歳、小四。

熊吾の経営する中華料理店の出した弁当を翌日に食べた客が食中毒を起こし、三十日の営業停止となり、また、プロパンガス会社共同経営の杉野信哉が倒れてしまった。房江までが気鬱《きうつ》になる。富山の中古車部品商の高瀬勇次からの「富山で中古車部品会社を興《おこ》したいので共同出資して欲しい」との誘いに乗り、大阪での仕事を始末して、昭和三十一年春、親子三人で富山に移り住むことになった。

ただ高瀬には会社経営の器がないことに気付いた熊吾は、妻子を残して大阪へ戻り、一人暮らしをしながら「関西中古車業連合会」を結成する仕事に奔走し、久保《くぼ》敏松《としまつ》という実直そうなブローカーと分担して仕事を進める。

たまたま再会したヌード・ダンサー西条あけみと夜店の縁日に行ったとき、あけみの不注意からセルロイド人形にローソクの火が引火、あけみは頭部に大火傷《やけど》を負い、顔にケロイド状の跡が残る。熊吾は責任の一端を感じ、長崎大学の医師に診察してもらうために同行し、そこで男女の仲になる。

熊吾一家と知り合いのやくざ・観音寺のケンは、自分の女・百合が妊娠したので、それを仲間に隠すため、富山に住まわせ、三年面倒を見て欲しいと熊吾たちに頼む。しかし、百合は半年もしないうちに姿を消した。
また、熊吾が信用して仕事の金などをすべて任せていた久保敏松の裏切りに遭う。

金に困窮し、送金もままならないなか、富山で房江が喘息《ぜんそく》を患《わずら》う。富山の気候のせいだとおもった熊吾は房江だけを大阪に呼び戻し仕事を手伝ってもらうことにした。小四の息子・伸仁は富山の高瀬宅に預けられ、両親と別れて過ごすことになる。

登場人物関係略図

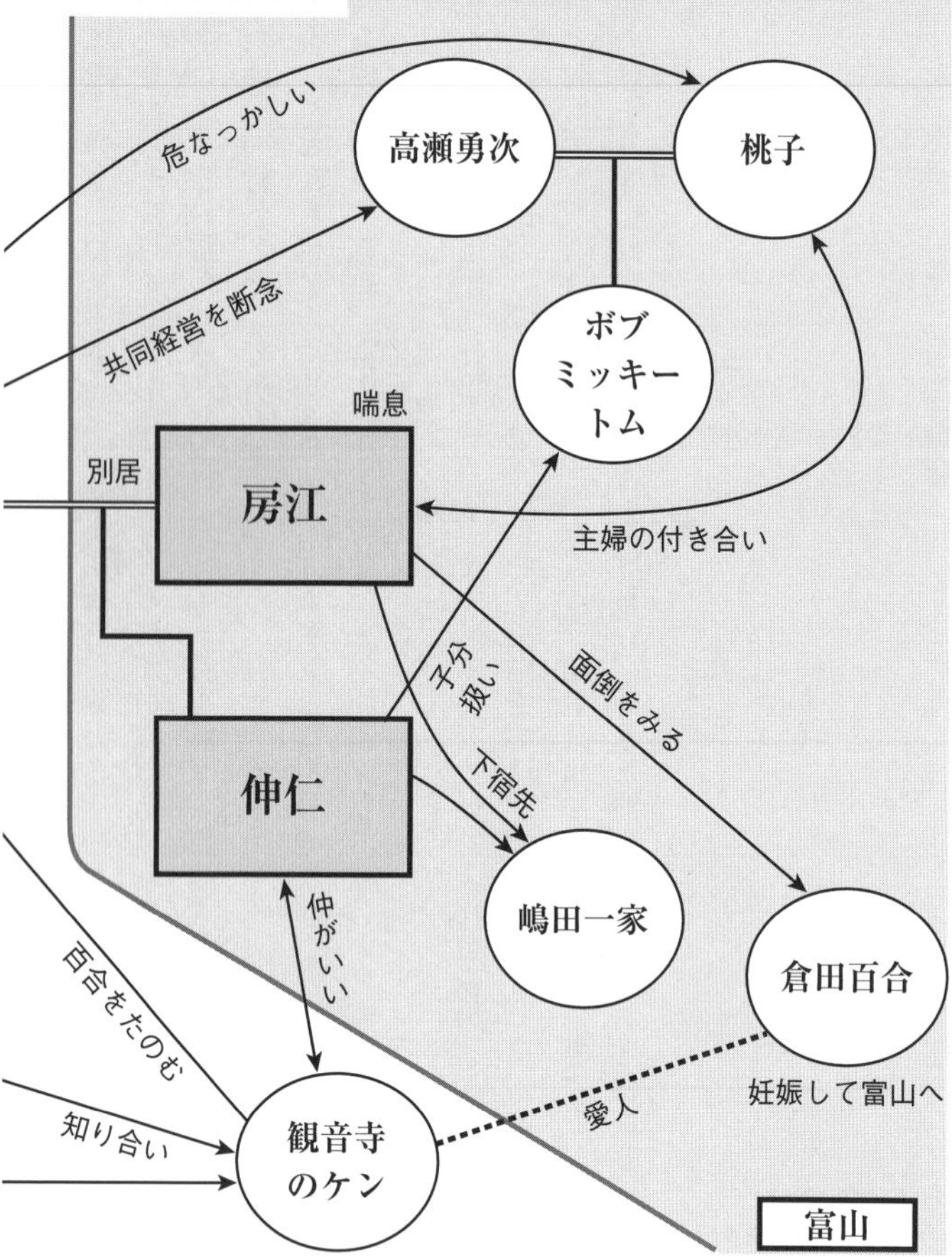
危なっかしい
高瀬勇次
桃子
共同経営を断念
ボブ
ミッキー
トム
喘息
別居
房江
主婦の付き合い
子分扱い
面倒をみる
伸仁
下宿先
嶋田一家
倉田百合
仲がいい
百合をたのむ
妊娠して富山へ
愛人
知り合い
観音寺
のケン
富山

第四部 天の夜曲

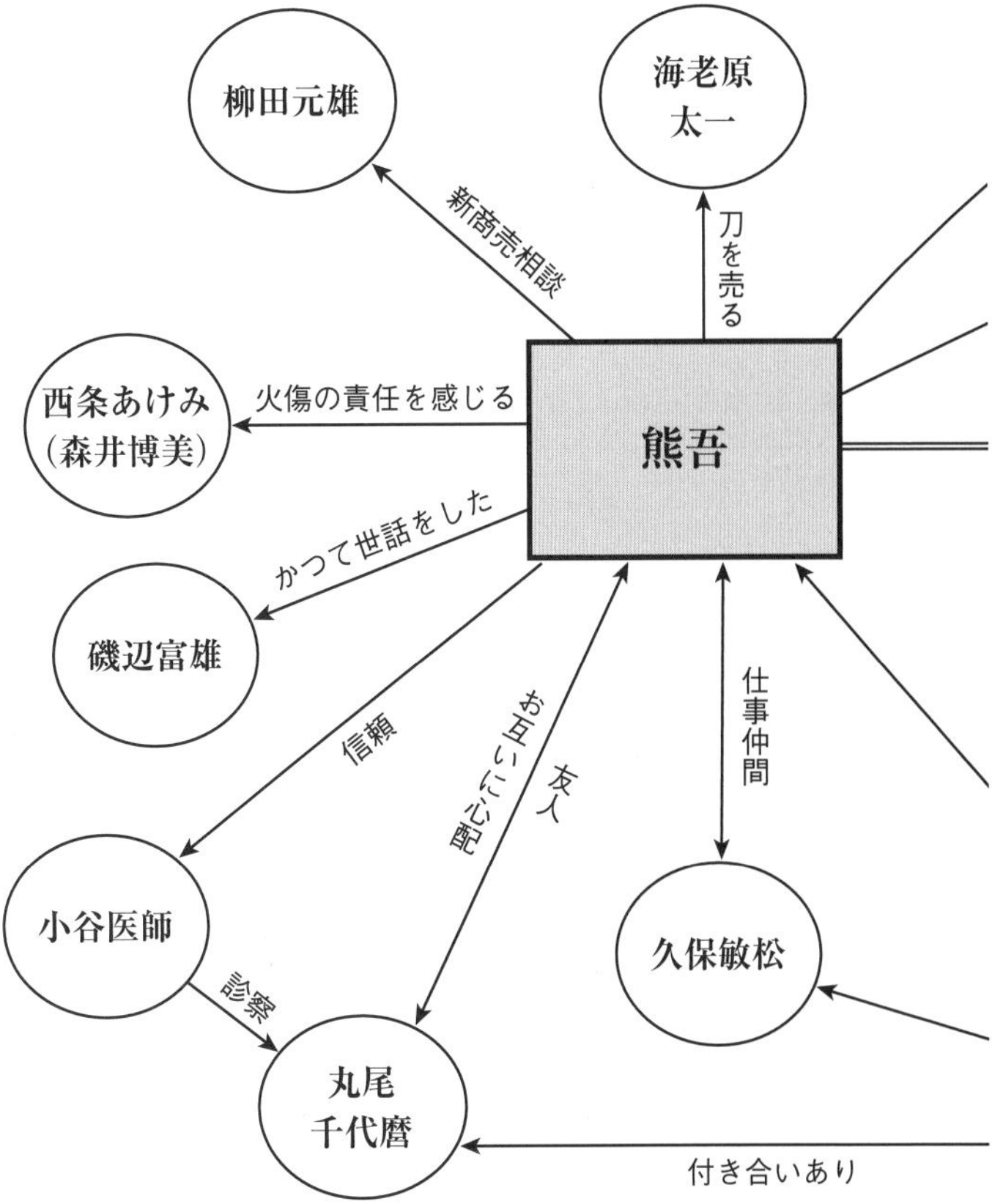
柳田元雄
海老原
太一
新商売相談
刀を売る
西条あけみ
（森井博美）
火傷の責任を感じる
熊吾
かつて世話をした
磯辺富雄
信頼
お互いに心配
友人
仕事仲間
小谷医師
診察
久保敏松
丸尾
千代麿
付き合いあり

第四部『天の夜曲』主要登場人物紹介　登場順

丸数字は登場した巻数。（カッコ数字は話題・回想されていた巻）

27頁　**高瀬桃子《ももこ》**　高瀬勇次の妻。夫より二十五歳下。昭和三十一年で二十九歳。三人の子供がいる。「金沢の海に近いところで生まれ、十八のときに香林坊の料理屋で働くようになり、すぐにその愛くるしい器量を買われて芸者の置屋に誘われ芸事の稽古《けいこ》に励んだが」戦局逼迫《ひっぱく》につき途中でやめ、「再び居酒屋で働いて」いたという。のち熊吾は桃子のことを「いつ噴火してもおかしくない活火山のようなものだ」とおもいだしている。④⑦巻

46頁　**明洋軒《めいようけん》の主人**　東梅田商店街の洋食屋の亭主。三十代後半。戦前に神戸の老舗《しにせ》レストランで修業。満州で終戦を迎えたあと、大阪の十三《じゅうそう》で食堂を営んでいた。昭和二十八年から梅田に店を出した。麻雀《マージャン》好きで熊吾とよく卓を囲む。小学生の伸仁が級友を連れて父のツケでよく洋食を食べにくるのをおもしろがっていた。そののちもたびたび熊吾一家が利用するので繰り返し登場する。熊吾がここで働く少年を世話したこともあった。⑷⑤⑦⑻⑨巻

62頁　高瀬孝夫《たかお》　ボブ　高瀬家長男。昭和三十一年に七歳。伸仁の二つ下。伸仁がつけたあだ名がボブ。従順でおとなしい。争い事が嫌いでやさしい。宿題をよく忘れて三日に一度は廊下に立たされる。伸仁の指示で鉄くずを拾っていた。また伸仁と二人で釣りに行っていた。どうも伸仁は子分扱いしているよう。④⑺巻

62頁　高瀬弘志《ひろし》　ミッキー　高瀬家次男。昭和三十一年に六歳。「頭の回転が速くて、顔立ちも整っている」。病的に癇《かん》が強いが、さいきんおさまってきた。覚えがよく、兄より漢字をよく知っている。④⑺巻

62頁　高瀬憲之《のりゆき》　トム　高瀬家三男。昭和三十一年に三歳。伸仁がつけたあだ名がトム。甘えん坊。末っ子らしく三歳で大人に気に入られる術《すべ》を知っている。④⑺巻

71頁　河内《かわち》佳男《よしお》　ヨシさん　河内モーターの社長・河内善助の甥《おい》。昭和二十六年ころから河内モーターで働いていた模様。四巻では富山にいる熊吾に電話をかけてくる。八巻で河内佳男という名前が出る。昭和三十八年で五十五歳になっている。房江の一つ上ということになる。伸仁の大学入学のおり、金を貸してくれた。④⑥⑦⑧⑨巻

92頁　久保敏松　中古車のエアー・ブローカー。良心的なブローカーだったので昭和三十一年春から、熊吾と組んで仕事をし、関西中古車業連合会立ち上げに一緒に動く。熊吾と同年（昭和三十一年で五十九歳）。性格が穏かで思慮深く博学だが、運がとて

も悪い。口数が少なく、喋《しゃべ》り方が遅い。観音寺のケンの母と同郷の幼馴染《おさななじ》み。背が高く痩《や》せている。将棋が好きでアマチュア四段。賭《か》け将棋にのめりこんでいる。のち、それがもとで事件を起こす。④⑸⑹⑺巻

115頁　土屋《つちや》くん　富山・八人町小学校での伸仁の同級生。花屋の息子。のんびりした性格。毎朝伸仁を迎えに来てくれる。先生が友達に見繕ってくれたよう。⑷巻

115頁　荒木先生　伸仁の富山・八人町小学校の担任の教師。滅多に怒らない。伸仁の絵がうまいとほめてくれた。いい先生。⑷巻

136頁　加瀬《かせ》くん　富山・八人町小学校の伸仁の同級生。加瀬医院の息子。夏休みの終わりに日記を書く為《ため》（八月四日の天気がわからへんと伸仁は言う）天気を教えてもらいに行った。⑷巻

142頁　嶋田《しまだ》元雄《もとお》　富山の大泉本町での房江と伸仁の住む家の大家。大工。妻と子供三人で階下に住む。房江と伸仁は二階の一間を借りる。長男としばしば喧嘩《けんか》する。長男の行動があまりに異常なのを見て熊吾が一度、病院につれていったほうがいいのではないかと言うと、長男は兄弟の中でいちばん体が丈夫だが、なぜ、病院につれていくのかと怪《け》訝《げん》そうに言われ、引き下がったことがある。④巻

142頁　嶋田フク　嶋田元雄の妻。親子喧嘩のおり止めに入るが、熊吾が見るに、その止

め方も何かずれている。この一家は何かずれていると熊吾は感じる。④巻

142頁　嶋田家長男　嶋田元雄・フク夫妻の長男。高校二年。父に教育がないと馬鹿《ばか》にして、激しい親子喧嘩をする。勉強はできるらしいが、あまり学校へ行かない問題児。伸仁いわく「ほんまに怖いねん。急がなあかんときにゆっくり歩いて、なんでもないときに走りはんねん」とのこと。富山大を目指して勉強するために叔父の家に住むことにして、出て行った。④巻

142頁　嶋田家次男　嶋田元雄・フク夫妻の次男。昭和三十一年、中学を卒業して大工の修業をしている。弁当を持って働きに行くシーン一回だけしか描かれていない。④巻

142頁　嶋田家三男　嶋田元雄・フク夫妻の三男。伸仁と同学年。小学四年生。あまり登場しない。たすきがけの布製のカバンに高下駄で学校へ行っている。④巻

149頁　しいところ村のいちじくの木のある大きな農家の老人　熊吾と伸仁が自転車で遠出したとき、井戸水を飲ませてもらった農家の老人。その家の孫娘の症状をみて、破傷風ではないかと熊吾は疑い、老人をせかして病院へ行かせた。案に違《たが》わず孫娘は破傷風で、熊吾の判断で命を取り留めた。④巻

150頁　破傷風にかかった六歳の女児（富山）　一週間ほど前に遊んでいて足の親指を怪《け》我《が》した。発語障害、嚥下《えんげ》障害などの症状から熊吾が破傷風を疑い、とにかく病院へ運

び込ませた。のち、本当に破傷風だったことがわかり、命を取り留めた。昭和三十一年四月。④⑹巻

198頁 **魚の行商の女** 魚津で揚がった魚を夫が仕入れ、それを木箱に入れて行商している。しいところ村の農家の破傷風の末娘を助けてくれた恩人は誰かあたってくれと頼まれて探していた。「おっとろしそうな顔で、ピースを吸いなはるがか?」と房江に聞いて熊吾を捜しあてる。のちにたびたび魚を売りにくる。④巻

216頁 **河原栄蔵《かわはらえいぞう》** 赤ふんどし 船津橋のビルの隣に住む元船頭。伸仁は「赤ふんどし」と呼んでいた。熊吾と同い年。戦後五年めに陸《おか》に上がり、鉄屑《てつくず》業、古タイヤ売買、川魚の卸などをやっている。生活力が旺盛《おうせい》で気前がいい。昭和三十一年に水道も電気も通っていない船津橋のビルに住みだした熊吾に、自分の家の水道の蛇口からビルまでホースをつないで使えばいいとまで言ってくれ、水道を使わせてくれる。むかし熊吾が中華料理店をやっていたころ子供らがようご馳走になりましたんやと、礼金を受け取らなかった。④⑤⑹巻

232頁 **西条あけみのマネージャー** ミュージック・ホール近くの喫茶店で熊吾と西条あけみが遭遇したときに一緒にいた。酩酊《めいてい》状態だった。④巻

232頁 **ミュージック・ホール支配人** ミュージック・ホール近くの喫茶店で熊吾と西条

あけみが遭遇したときに一緒にいた。西条あけみは、振り付けの滝本とおれが広島で見つけてきた子だったと言う。④巻

260頁　**大沢**　エビハラ通商の社長付の社員。四十前後。関の孫六を売りにきた熊吾の応対をする。最初は電話で、のちまず受付で応対してくれた。④巻

264頁　**エビハラ通商の受付の女子社員**　エビハラ通商を訪ねた熊吾の名刺を受け取った受付の女性。門前払いされた熊吾を追いかけ、「社長がお会いするそうです」と声をかける。帰り際《ぎわ》に仁清《にんせい》の壺《つぼ》が飾られているのを見て、熊吾がなぜここにあるのかと問うたときにも応対してくれる。昭和三十一年六月。④巻

292頁　**しいところ村の破傷風だった女児の父母**　熊吾が破傷風の娘を助けてくれたと知ってから十日に一度の割合で、卵とか野菜を届けてくれる。それを房江から聞いて、そろそろご遠慮申し上げにゃあいけん、と熊吾は言う。④巻

314頁　**戦争中に死んだ咄家《はなしか》（回想）**　熊吾が心斎橋の居酒屋で聞いたすでに亡《な》くなっている咄家。笑いに人生を賭けていた落語家だったが、「生来の病弱と戦時中の栄養失調によって四十になるかならないかで死んだ」。臨終のおり、笑みを浮かべ、笑い声を洩《も》らしながら亡くなった。そのとき、まわりからいろんな笑い声が聞こえたという。ほんとうは誰も笑っていなかったのだが、臨終に立ち会っていた者みんなが聞いた。

昭和三十一年に熊吾が伸仁にその話をし、伸仁はひとりその話に工夫を加え、昭和三十七年には人情噺《ばなし》のようになっていた。⑷⑺巻

321頁　猛雄《たけお》　高瀬桃子の弟。昭和三十一年で二十五歳。体が大きい。十八のときから魚津のイカ釣り船に乗っていたが、陸で働きたくなり、高瀬のゴム塗り軍手の仕事を手伝うことになった。鮎《あゆ》釣りがうまい。穏やかな性格。④⑺巻

335頁　小谷光太郎の夫人　小太りの夫人。水俣の奇病について説明している小谷医師が興奮して机を叩《たた》いたので驚いて隣室から「どうしたんです？」と心配顔で聞いた。そのあと、熊吾に麦茶を冷ましているのでゆっくりしていってください、と言う。④⑥⑺⑼巻

341頁　峰山《みねやま》フキ　福島の天神さん裏にある駄菓子屋をやっている寡婦《かふ》。六十三歳。その二階を熊吾が間借りする。「夫には戦前に先立たれ、二人の息子を戦地で亡くした」。④巻

377頁　廖慶元《りょうけいげん》　廖大老（回想）　熊吾が上海時代に知り合った漢方医。当時七十八歳。御荘《みしょう》の海老原家や一本松の増田家はどうしてまわりから嫌われ続けていたのか、と長崎への夜行の車中で考えていた熊吾が、血のせいかと考えているとき、おもいだした。廖大老は薬の調合のとき、時間をかけて、その人の生い立ちをきいた。「憎悪《ぞうお》や怒り

の心が、人間のさまざまな病気の原因」と言った。⑷巻

378頁　**三歳で亡くなった松坂亀造の最初の子**（回想）熊吾の一番上の兄か姉。三歳で亡くなっている。そのころから亀造は温厚になったという。⑷巻

390頁　**砲弾で消失した将校**（回想）四巻三九〇頁と九巻五〇頁で語られる将校。昭和十二年、満州の野戦のおり、熊吾のすぐ近くにいた将校。彼は流れ弾のような大砲の砲弾に直撃され乗っていた馬もろとも異様な色彩の粉末となって消滅した。肉片も骨も、軍服の切れ端も馬の鞍《くら》も、いくら探しても見つからなかった。④⑨巻

400頁　**マカール・サモイロフ**（回想）西条あけみ（森井博美）の曾祖父《そうそふ》のロシア人。彼女の母の母の父。長崎で外人相手の娼婦《しょうふ》をしていた曾祖母とのあいだに子（あけみの祖母）をなした。明治四十三年（一九一〇年）八月に長崎で三十二、三歳で死去。長崎のロシア人墓地に葬《ほうむ》られている。あけみの母はよく墓参りしていたらしい。モスクワから汽車で十時間ほど西に行ったところにある町の大工の息子で、兄と弟が一人ずついた。その面影はあけみとよく似ていたと祖母がよく言っていた。⑷⑺巻

402頁　**西条あけみ（森井博美）の曾祖母**（回想）母の母の母。長崎の外人相手の娼婦だった。⑷⑺巻

439頁　**曽野《その》慎太《しんた》**（回想）支那《シナ》事変時の熊吾の部下。生還している。南宇和の御荘出身

で、海老原太一を毛嫌いしていた。戦後も付き合いがあったが、昭和二十一年の暮れに熊吾が自動三輪車を購入させてやって以来会っていない。(4)巻

521頁　林田雄策《はやしだゆうさく》　私学F女学院教頭。居酒屋で腹痛を訴えたときに熊吾が小谷医院に運んでやり知り合った。大酒を飲ませて酔わせて、学校移転の計画を聞き出す。昭和三十三年一月、F女学院の火事のあとに熊吾と柳田が学院を訪れたとき、ここはもう使わないことを説明してくれる。(4)⑤巻

554頁　海老《えび》原容子《はらようこ》　海老原太一の妻。大阪より富山へ転送されたピータンの甕《かめ》に海老原の妻の名があることを熊吾は秋になって知る（昭和三十一年九月）。名前が出るだけで本人は登場しない。(4)(6)巻

568頁　水村《みずむら》くんと山根《やまね》くん　伸仁の八人町小学校での同級生。もとは水村くんと山根くんがガキ大将争いをしていた。そこへやってきた伸仁が大将になった。二人は一時、伸仁に従っていたが、やがて結託して伸仁をボスの座からおろし、けっきょく三者鼎《てい》立《りつ》状態になった。(4)巻

第五部　花の回廊

あらすじ／人物相関図／主要登場人物紹介

あらすじ

第五部　花の回廊
〝尼崎・蘭月《らんげつ》ビル編〟

昭和三十二年三月から昭和三十三年夏まで。
熊吾六十歳から六十一歳。伸仁十歳から十一歳、小四の終わりから小六。

伸仁は寂しさのあまり小学四年の三学期が終わるまで待てず、富山から両親のいる大阪へ戻ってきてしまう。しかし電気もガスも水道も通っていない船津橋のビルに住ませるわけにいかず、尼崎の妹タネのところに預ける。タネたちの住まう尼崎の蘭月ビルは、魔窟《まくつ》であった。伸仁は、住み始めてすぐに「張本のアニイの父」の最期《さいご》に立ち会うことになり、また「唐木のおじさん」の最後の頼みもききとどけ、そのたびに警察で事情を聞かれることになる。

熊吾は、磯辺富雄の経営する雀《ジャン》荘《そう》「満貫」を根城にして中古車のエアー・ブローカー業を始めていた。房江は宗《そ》右《え》衛門町《もんちょう》の小料理屋「お染」で夜遅くまで働いている。

夫と愛人のあいだにできた子・美恵を引き取ることを決心した丸尾ミヨは、熊吾に相談のうえ、城崎から大阪の家に迎えた。

熊吾は、大阪福島にある女子校が移転することを知り、そこに巨大なモータープールを作ることをおもいつく。シンエータクシー社長の柳田元雄にその話を持ちかけ、「シンエー・モータープール」の開設に漕《こ》ぎつける。熊吾一家は、そのモータープールの管理人として、かつて校舎だったところに住み込みで働くことになり、昭和三十三年の春から久しぶりに親子三人で住めるようになった。

蘭月ビルでは、妻が高級娼婦《しょうふ》グループで働いていることを知った「人買い」の津久《つく》田《だ》清一《せいいち》が大騒動を起こし、まわりを警察に囲まれ、新聞にも載る大事件となった。

登場人物関係略図

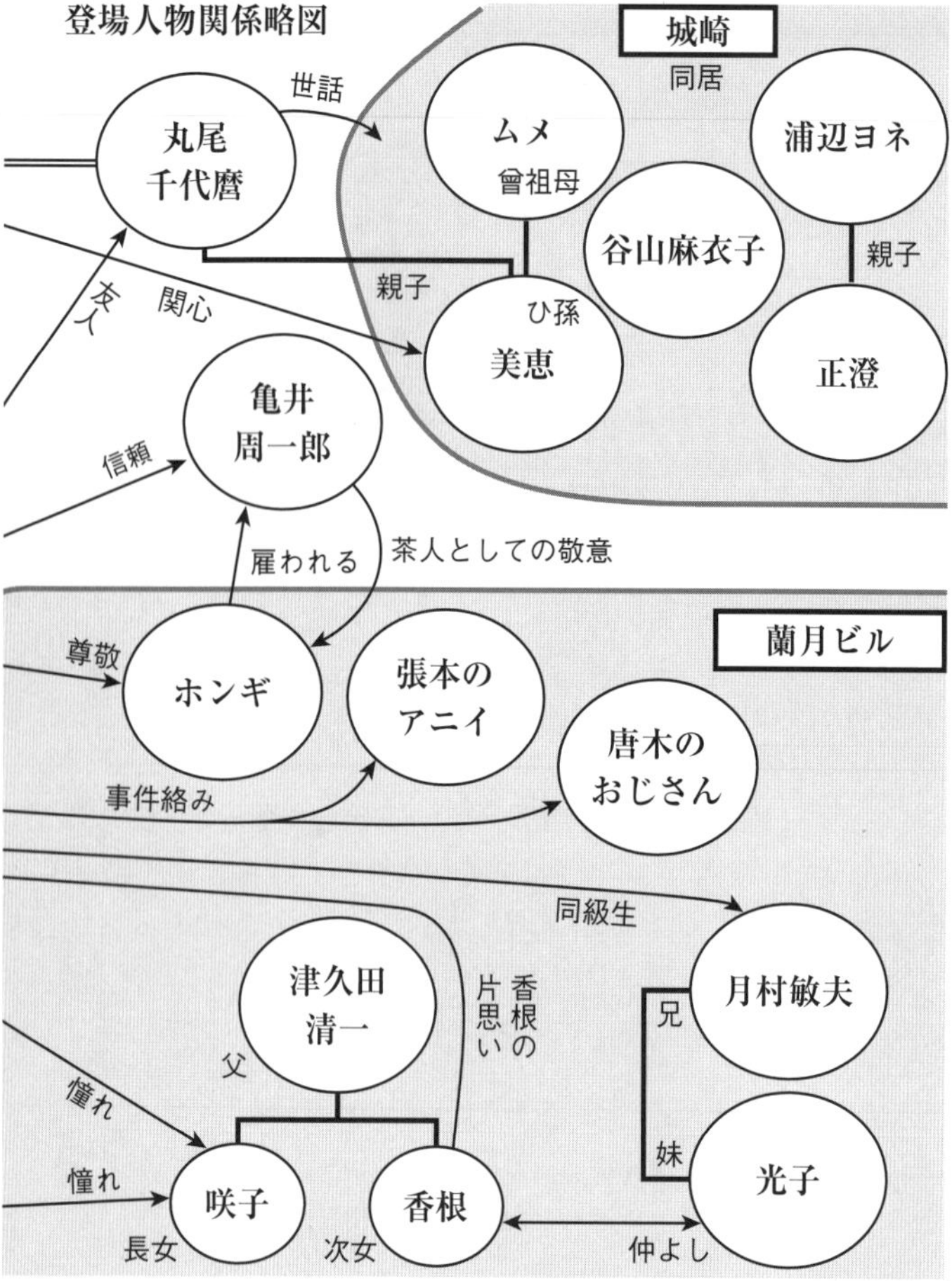
城崎
同居
丸尾
千代麿
世話
ムメ
曾祖母
浦辺ヨネ
谷山麻衣子
親子
親子
友人
関心
ひ孫
美恵
正澄
亀井
周一郎
信頼
雇われる
茶人としての敬意
蘭月ビル
尊敬
ホンギ
張本の
アニイ
唐木の
おじさん
事件絡み
同級生
津久田
清一
香根の
片思い
月村敏夫
兄
父
憧れ
憧れ
妹
光子
咲子
香根
長女
次女
仲よし

第五部 花の回廊

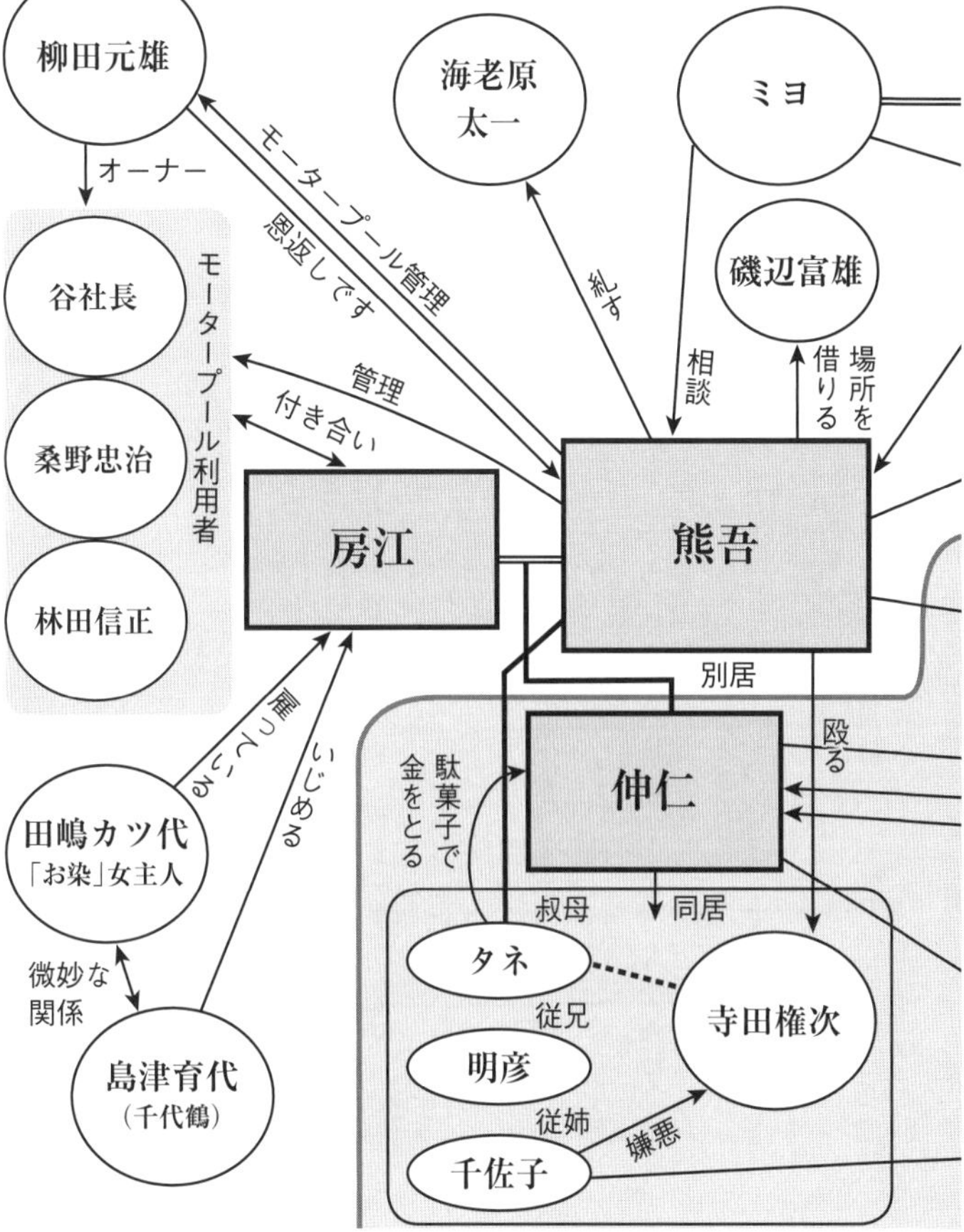

柳田元雄
オーナー
谷社長
桑野忠治
林田信正
モータープール利用者
モータープール管理
恩返しです
管理
付き合い
房江
海老原
太一
糺す
ミヨ
磯辺富雄
相談
場所を借りる
熊吾
別居
殴る
伸仁
駄菓子で金をとる
雇っている
いじめる
田嶋カツ代
「お染」女主人
微妙な関係
島津育代
（千代鶴）
叔母
同居
タネ
従兄
明彦
従姉
千佐子
嫌悪
寺田権次

第五部『花の回廊』主要登場人物紹介　登場順

丸数字は登場した巻数。（カッコ数字は話題・回想されていた巻）

9頁　津久田香根《かね》　蘭月ビル二階の住人。津久田家の盲目の次女。昭和三十二年に四歳。蘭月ビル内の薄暗い階段に座りこんでいることが多かったので、伸仁が外に連れ出すようになる。伸仁によくなつき、姉の咲子《さきこ》は「ノブちゃんは香根の恋人」と言っていた。「香根の片思い」とも。のち、同ビル内の月村光子とも仲良くなる。目が見えないぶん、勘が鋭い。⑤(6)(7)(8)巻

20頁　津久田清一　蘭月ビル二階の住人。津久田家の主人。工事現場で働く人を地方から探してくる仕事をしている。身長六尺五寸、体重三十二貫（だいたい一九七センチ、一二〇kg）の巨漢。暴れると誰にも止められない。昭和二十年に人を刺した前科がある。⑤(6)(7)巻

20頁　津久田琴枝《ことえ》　津久田清一の妻。昭和三十三年に三十七歳で四人の子持ちだが、とてもそう見えない。どうみても三十前。咲子よりも美人だとも言われている。両親の経営する映画館の映写室で末子と暮らしており、月に一、二回しか蘭月ビルに戻って

こない。物語内にはリアルには登場しない。⑸⑹⑺⑻巻

20頁 **津久田悟《さとる》** 蘭月ビル二階の住人。津久田家の長男。昭和三十二年に高校二年生。「一度でも授業で聞いたことはすべて」覚えてしまうので、子供のころから神童と言われ、兵庫県全体の高校生のなかで成績が三位以下になったことがない秀才。熊吾は日本一の大学の医学部に行ったらどうだと東大を薦める。のち大阪大学の医学部を受けることにしたと妹の咲子が房江に報告している。⑤⑥⑺巻

20頁 **津久田咲子** 蘭月ビル二階の住人。津久田家の美人の長女。昭和三十二年春から中二、伸仁の三つ上。大人を圧倒するような美少女。彼女への手紙を書いてきた近隣の中高生は伸仁にそれを渡してくれと託す。高校に進学し、卒業後、梅田の会社に勤める。勤め人となっていた咲子と房江は再会する。⑤⑹⑦⑻巻

20頁 **津久田清之介《せいのすけ》** 津久田家の末子。まだ二歳（昭和三十二年）。母とともに祖父母の映画館の映写室に住んでいるため、あまり見かけない。⑸⑹巻

21頁 **金村盛男《かねむらもりお》** 蘭月ビル二階の住人。タネの部屋の真上。熊吾が最初下見のように見回ったときに二階で出くわし、言葉を交わす。唐木《からき》鉄兵《てっぺい》の騒ぎのおり、部屋の前で熊吾と一緒になった。昭和三十三年六月にはつれこみホテルで働いている。⑤巻

27頁 **坂田《さかた》康代《やすよ》** 磯辺の経営するビリヤード場・ラッキーの女性従業員。「石川県七尾

市からバスで三十分かかる」海沿いの村の中学を昭和三十一年春に卒業して、大阪の電器部品の下請け工場に勤めたが作業がうまくできずに退職して、ラッキーに勤めている。客の対応や代金の計算などの仕事が性に合っていたらしく、明るく働いている。上野《うえの》プロにビリヤードを教わるのを楽しみにしている。けっこう長く勤める（昭和三十八年までは勤めている）。⑤⑥⑻巻

27頁　**上野栄吉《えいきち》**　ビリヤード師。磯辺の経営するラッキーの専属コーチに雇われている。熊吾を慕っている。「戦前には日本のビリヤードの選手権で何度も優勝」していた。シベリアに抑留され、昭和二十九年初夏に帰国。凍傷で右手人差し指全部と、中指の第二関節から先を失っていた。それによってかえって「遊び」が出る独特の玉突き師になったと老玉突き師が教えてくれた。昭和三十二年春に四十五歳。熊吾は男色家ではないかと見ている。海老原太一への手紙の宛名《あてな》書きの代筆を頼んだことがあり、それをずっと覚えていた。⑤⑺⑧⑨巻

31頁　**王乙龍《おうおつりゅう》**　小乙（回想）熊吾の上海在住時代（昭和十年ころ）に交友のあった男色家。華奢《きゃしゃ》で美形、小乙と呼ばれていた。呂祖慈《ろそじ》という男と惹《ひ》かれ合っていた。⑸⑼巻

72頁　**田《た》嶋《じま》カツ代**　房江が働くお染の女主人。お染は宗右衛門町筋、道頓堀川《どうとんぼりがわ》沿いにある小料理屋。八人入るのが精一杯の店。三十三歳と言っているが三十九歳。房江は昭

和三十一年十一月から働いている。二流三流の酒場を転々としてきた女。「男のつまみ食いの相手としては手頃で、そのくせ落ちそうで落ちない術を心得てい」る。客選びには慎重。房江に再三、住み込みで働いてほしいという。旦那《だんな》持ち。⑤⑹巻

75頁　田嶋カツ代の旦那　「業種の異なる会社を五つ経営している」羽振りのいい旦那。六十二歳。去年（昭和三十一年）小結になった相撲取りを贔屓《ひいき》にして、各場所を見に行っている。それに付き合わねばならないカツ代は、房江に遅くまで働いてもらいたがっている（編者の勝手な想像ではその小結とは鶴ヶ嶺のようにおもう）。⑸巻

80頁　尼崎の警察署の頭頂部だけが禿《は》げている警官　仲仁が張尚哲《ちょうしょうてつ》じいさんの部屋にいたときのことを警察署で聞かれたとき、駆けつけた房江に説明してくれた警官。昭和三十二年五月。「張本のアニイ」の素性を教えてくれて、「かかわりをもたんほうがよろしい」と言ってくれる。八月の唐木鉄兵の騒動のときも登場し、仲仁をみて「またきみかいな」と言う。⑤巻

81頁　張尚哲　蘭月ビル二階の住人。八十歳の老人。妻は戦争中に病死。五人の子供は尼崎で別々に暮らしている。張本のアニイの父。⑸巻

81頁　張本栄一《はりもとえいいち》　張本のアニイ　張尚栄《ちょうしょうえい》　尚哲の末っ子。張本栄一は日本名。尚哲が食事して薬を三錠飲むのを見届ければ十円やると仲仁に言って出かけたので、仲仁は言い

つけを守る。出屋敷に事務所のある暴力団とつながりのある金貸し。金がないなら貸しまっせ、とときどき言っている。⑤⑹巻

91頁 土《ど》井《い》敦《あつし》 あっちゃん 蘭月ビル二階の住人。伸仁の同級生。親友になってくれと言って伸仁と友達になった。伸仁と即興で漫才をやるが、即興とは思えんくらい上手で、おもしろいと担任の先生が言っている。昭和二十二年（一九四七年）の三月生まれだが父は戦死している。つまり生まれる十九か月以上前には父が死んでいることになり計算が合わないが、当人は気にしていない模様。月村くんと伸仁と土井くんはクラス内で問題の多い子とみられている。のち三人がクラスで「人民裁判」に掛けられた。⑤⑹⑺巻

91頁 土井くんの家族 蘭月ビル二階の住人。土井くんはお母さんとおばあさんとお母さんの弟と一緒に三年前から蘭月ビルで暮らしている。⑸⑹巻

91頁 峰山文一郎《みねやまぶんいちろう》 尼崎市立難波《なにわ》小学校の伸仁五年次の担任。陰ではブン公と呼ばれている。ロイド眼鏡をかけた四十代半ばの教師。伸仁は要注意人物だと、房江に話している。伸仁のことをクラスで「野良犬《のらいぬ》みたいな子」とも言う。伸仁はずっと「教師運が悪かった」というが、そのなかでもかなりきつめの教師。⑤巻

93頁 伊東周一《いとうしゅういち》 蘭月ビル二階の住人。去年（昭和三十一年）結婚した。妻と共に牛の

腎臓であるマメを食べる「マメの会」を開いてくれる。本名は尹《イ》。ほんとうはユンと読む。尹東晋。⑤⑥巻

95頁　月村敏夫《つきむらとしお》　蘭月ビル二階の住人。仲仁と同い年で、同じクラス。「固太りした頑丈そうな体つき」で、目つきが鋭い。給食を食べるために学校に来ている。給食を食べると学校からいなくなる。小学生ながら夕刊売りをしていて、うまく売れればたこ焼きを買って妹に食べさせてやる。中学に入って朝刊を配らせてもらえるようになる。母が朝鮮人と結婚して、北朝鮮帰還運動に巻き込まれてしまう。⑤⑥⑦⑧巻

96頁　月村光子《みつこ》　蘭月ビル二階の住人。敏夫の妹。五歳。兄か仲仁が持ってくる給食の残りのパンを食べている。母にかまって欲しいときに、うそのくしゃみをする。母の仕事をまだわかっていない。津久田香根と仲良くなる。六歳になって給食を食べに小学校に行くようになった。⑤⑥⑦⑧巻

98頁　沼田一家　蘭月ビル一階の住人。おばあちゃんと、夫婦と、少女がいる模様。このうち八十五歳のおばあちゃんがぼけてしまって、孫のこうちゃんの声を追って、ビル内を歩いてまわる。こうちゃんは二十五歳で戦死した。おばあちゃんのなかでは五歳のまま。⑤巻

98頁　並河照美《なみかわてるみ》　蘭月ビル一階の住人。タネと同い年で保険の勧誘員。一人暮らしの小

太りの女。「歯切れのいい東京言葉」で話す。裏の仕事もしていた模様でそれで津久田清一の恨みを買う。⑤⑹⑺巻

98頁 **及川《おいかわ》一家** 蘭月ビル一階の住人。亭主は三年前から肺結核で入院中で、女房と亭主の父が住んでいる。父は八十二歳で半分ボケている。女房はキャバレーのクローク係ながら、裏稼業《かぎょう》として女斡旋《あっせん》業をやっていて、津久田家の美少女咲子にやけに親切にしている。悪口を言わないホンギが、及川の女房を咲子に近づけてはいけない、あの女は悪党だ、と言っている。⑸巻

98頁 **唐木鉄兵** 唐木のおじさん 蘭月ビル一階の住人。六十歳。女学校の教師だったが妻子を捨てて生徒と大阪へ逃げ、新たな勤め先の製パン工場の金を使い込んで蘭月ビルに身を隠していた。自分の生徒だった女が身を売って稼いだ金を、それと知らずに元の妻子に送っていた。⑤巻

98頁 **唐木のおねえさん** 唐木鉄兵のもと教え子、二人で逃げて蘭月ビルに住んでいた。二十一歳。神戸のキャバレーで働いており、自分の稼いだ金を唐木がもとの女房に仕送りしていたのも知っていた。昭和三十二年夏の夕刻、勤め先とは逆の大阪行きのバスを待っているので伸仁が声をかけると「郷里《くに》へ帰る」という。「この貧乏長屋にいるとどんな人間も腐ってしまうから、ノブちゃんも早くお父さんとお母さんと一緒に

暮らせるようになればいいのに」と言って笑った。仲仁が唐木のおねえさんが笑うのを見たのは初めてだった。⑸巻

98頁　糸山一家　蘭月ビル一階の住人。唐木さんの向かい。屋台の支那《シナ》そば屋。いちばん下は双子の女の子で揃《そろ》って意地悪だと仲仁は言う。双子の子は怪人二十面相・恩田《おんだ》の部屋でのお話の会に参加している。⑤⑥巻

98頁　洪弘基《ホンホンギ》（供引基）ホンギ　蘭月ビル一階の住人。ヤカン工場で働いているのと禿《は》げているので「ヤカンのホンギ」と呼ばれていた。もと供の字を使っていたが、洪が正字と知り、直す。昭和三十三年二月、感冒に罹《かか》った仲仁をスクーターで運んでくれたのが縁で熊吾との行き来が始まる。スラムである蘭月ビルの自室を茶室にしつらえていて、熊吾に茶を点《た》ててくれる。そこからカメイ機工の亀井周一郎《かめいしゅういちろう》とも縁ができ、ヤカン工場をクビになったあとカメイ機工の守衛として勤め、頼りにされる。日本語がかなりヘタ。明治三十八年（一九〇五年）朝鮮の京城の生まれ、昭和五年に結婚、二人の娘ができたが、昭和十二年に妻を病気で亡《な》くし、兄と娘とともに日本にくる。山口県の化学薬品工場で働き、戦後すぐに尼崎へ、兄は昭和二十三年に病死。娘も二人とも亡くしている。古武士のような雰囲気がある。熊吾たちと長く付き合う。⑤⑥⑦⑨巻

99頁　**猿橋一家**　蘭月ビル二階の住人。一階のホンギの向かいの部屋に理髪店を構えている。一家は二階に住んでいる。のち電話を引いて、タネの家への電話をとりついでくれる。⑤⑥巻

99頁　**大関一家**　蘭月ビル一階の住人。タネの部屋の隣。アパート内でも狭い部屋で六畳一間に母子で住んでいる。母は近くの司法書士事務所に勤めている。娘は小学二年生。さほど登場してこない。⑤⑼巻

102頁　**州本《すもと》夫妻**　蘭月ビル二階の住人。一階の朴家の西の階段をのぼったところに住んでいて、その朴さんのところの長男夫妻。州本は妻の姓。そのことで兄弟はよくケンカしている。⑸巻

102頁　**寺井**　蘭月ビル二階の住人。伸仁いわく、「最近引っ越してきたばかり」で、「朝早く出かけて夜遅く帰」るので、何をしているのか知らないとのこと。この説明以外では登場しない。⑸巻

102頁　**金静子《きんしずこ》**　蘭月ビル二階の住人。自室で仕立て屋をやっている。ひとり暮らし。伸仁はよく部屋に遊びに行っていた。いちど房江は静子からツーピースを買ったことがある。⑤⑥巻

103頁　**恩田哲政《てつまさ》**　怪人二十面相　蘭月ビル二階の住人。彼の部屋に子供たちが集まって

怪人二十面相の話などをするので仲仁は「怪人二十面相」と呼んでいる。蘭月ビルの子供たちに慕われているもよう。恩田は父の姓、母は朝鮮人、北の出身。郵便局勤めの四十過ぎの男。⑤⑹巻

103頁　**新井《あらい》勝正《かつまさ》**　蘭月ビル二階の住人。京大出のインテリの三十代。「変なものばかり作っている変人で」、張本のアニイが関わり合うな、と忠告している。熊吾もあいつはポン中じゃやと言う。⑸巻

120頁　**桜のじいちゃん**　ポンポン船さくらだ丸の船長。七十二、三歳。かつて仲仁が船津橋に住んでいたときは声をかけていた。いまも此花《このはな》から毛馬《けま》まで砂糖を運んでいる、とノブちゃんに伝えといて、と房江に言う（仲仁はこのときは尼崎）。⑤巻

123頁　**財津《ざいつ》章矢《あきや》**　お染の客。心斎橋筋の呉服屋の主人。房江の料理を楽しみにしてチップもくれる客。昭和三十二年の年末に女将《おかみ》に内緒で鶏のスープをくれと魔法瓶を渡す。そのあと房江を喫茶店へ呼び出し、鶏スープの作り方を聞く。妻が結核で寝込んで体力が回復しないから作ってやりたいとのこと。教えると過分のチップをくれた。⑤巻

129頁　**香川県の南西部の山間地に勤める警官**　野田阪神駅前交番の親切な警官の警察学校の同期。昭和三十年香川県警に異動になり、昭和三十一年六月の熊《くま》騒動のおりに、杉の木にもたれかかった老人の白骨死体を発見した。昭和三十二年の夏に上阪して、

野田阪神駅前交番の警官にその話をした。⑸巻

135頁　**ヒメ**　ポンポン船さくらだ丸にいたメス猫。船の中で一生を過ごして、死んだ。死んだとじいさんが言ったのは昭和三十二年の七月末。⑸巻

138頁　**徳沢邦之**《とくざわくにゆき》　国会議員の愛川民衆《あいかわみんしゅう》の私設秘書。昭和十年、上海にいた熊吾の活動でのちに妹一家が命拾いした。そのことで熊吾にとても感謝している。そのため昭和三十二年、F女学院の土地売却が遅れている事情を教えてくれた。このとき親分の愛川を大臣にするのが夢と語っている。昭和三十八年になりゴルフ場建設にかかわることとなって、ふたたび熊吾との接触がある。⑤⑦⑧⑼巻

139頁　**愛川民衆**　愛知県が地盤の国会議員。徳沢が私設秘書を務めている。民衆と書いてタミスが本名だが、選挙にむけてミンシュウと読ませている。昭和三十二年の時点では次の内閣で閣僚入り確実と目されていた。のち、昭和三十八年五月の時点では、現職の大臣として紹介されている。徳沢邦之がたびたび話題にするが、物語に直接登場してくることはない。⑸⑺⑻巻

178頁　**蠟燭**《ろうそく》**の女**　（阪神裏に出没）　昭和三十二年の夏ごろから阪神裏の路上に立つ女。『蠟燭』という詩集を百円で売っており、もう百円払うと、マッチ箱とマッチの軸を一本渡してくれて、スカートの中に頭をつっこませてくれる。下着を穿いていない。

三十歳くらいに見える「日本人離れした彫りの深い顔」。その存在をビリヤードの上野プロが教えてくれる。昭和三十七年になっても立っている（七巻）。昭和三十八年年末には彼女から熊吾に声を掛けてきて、やりとりがあった。⑸⑦⑧巻

180頁　「とり門」（桜橋の鶏すき屋）の主人　桜橋にある鶏すき屋の主人。徳沢に教えてもらい、その後、十年にわたり、熊吾が愛用する。⑤⑦⑧⑨巻

183頁　羅《ら》一族と鄭《てい》一族（回想）　上海時代の熊吾が通っていた由緒《ゆいしょ》ある海州園という茶館で菓子部門を担当する一族が羅一族。海州園を経営するのが鄭一族。両家は一心同体のように同じ茶館で共存していた。のち昭和四十二年正月に熊吾が伸仁に上海時代の話をするときにも出てくる（九巻）。⑸⑼巻

185頁　徳沢邦之の妹（回想）　上海に残っていた徳沢の妹一家（妹とその子供三人）を、敗戦の気配が高まったとき、羅一族と鄭一族が日本へ逃がしてくれた。それも熊吾の恩恵だったと徳沢は信じていた。⑸巻

197頁　谷《たに》社長　弁当の富士乃屋　シンエー・モータープールの近くにある弁当の富士乃屋の社長。モータープールの利用者でもある。「いかにも才覚のありそうな」精悍《せいかん》な四十代半ばの男。熊吾は彼を見て上海で知り合った孟賢達《もうけんたつ》に似ているとおもいだす。のちモータープールの敷地を借りて夜十一時から午前十一時までに千二百個の弁当を

作る。弁当店として拡張していくさまを見て、熊吾はそういう器の男だとおもっている。⑤⑥⑦⑧⑨巻

198頁 **孟賢達（回想）** 上海時代の熊吾の顔見知り。海州園の常連だった。茶の卸し業。昭和十年ころで五十歳くらい。維新派の旗頭で、いつも当局に監視されていた。海州園でフランス人外交官と喧嘩《けんか》になり「他人の国で王となるなかれ」と書いた紙をその額に貼《は》りつけた。のち船遊びの最中に姿をくらました。⑤⑨巻

202頁 **呂祖慈（回想）** 上海時代の熊吾の知り合い。妻子ある仕立て屋。男色家の王乙龍が最も惹かれていた。海州園で二人はわざと離れたところに坐《すわ》って、そっと見つめ合っていた。（妻は蔡宇春《さいうしゅん》、九巻に名前が出る）⑤⑨巻

275頁 **刈田喜久夫**《かりたきくお》 玉川町の大工の棟梁《とうりょう》。熊吾の五歳上。F女学院の解体の仕事を頼んだのをきっかけに、さまざまな大工仕事を依頼する。骨惜しみをしない誠実な仕事ぶりの大工。鹿児島の出身で寡黙《かもく》。三人の息子はみな戦死している。昭和四十年ころまでずっと付き合いが続く。⑤⑥⑦⑧⑨巻

279頁 **根岸平治**《ねぎしへいじ》 シンエー・タクシーの経理担当の常務。モータープール開業のおりに経理の窓口になるが、自分の権力を誇示しようとして話をすすめてくれない。あまり融通がきかず、のちモータープールの正式担当となるが、誰もあまり相手にしなかっ

た。⑤⑥⑦⑧巻

290頁　**甲田《こうだ》憲道《のりみち》**　申基憲　甲田鉄工株式会社社長。三十五、六歳。力道山にそっくり。貫禄《かんろく》と落ち着きが尋常ではないと初対面で熊吾は感心する。⑤⑥巻

338頁　**亀井周一郎**　カメイ機工の社長。カメイ機工は大手自動車メーカーの下請けとしてフライホイールを作る会社。熊吾と同い年で、昭和三十三年にはすでに孫が三人いる。戦前からの熊吾の知り合い。戦前はトラックのベアリングの製造と輸入を仕事としていた。「鷹揚《おうよう》な物腰の奥に、神経質で繊細な、そして頑固な職人気質《かたぎ》の一面」がある。彼の母が茶道の先生で自身も茶道に打ち込んでいたことから、熊吾がヤカンのホンギの茶道に関する質問を取り次ぐ。その縁から、ホンギを自社の守衛に雇うことになる。関西中古車業連合会をもう一回立ち上げる気はないか、と熊吾に語った。⑤⑥⑦⑨巻

340頁　**亀井周一郎の妻**　夫と共に門のところまで来て熊吾と仲仁を迎えてくれる。亀井家には生まれて一か月の子犬が三匹いたが、そのうちの一匹をくれると「おばちゃんが言いはった」と仲仁が帰りに何度も熊吾に言い、熊吾が同じことを「何回も言うな」とおこる。⑤⑥⑦巻

367頁　**桑野《くわの》忠治《ちゅうじ》**　クワちゃん　K塗料店（甲斐《かい》塗料店）の配達員。シンエー・モータープ

ール利用者。昭和三十四年で二十六歳。気のいい青年で、モータープールの電話番や留守番をよく請け負ってくれる。家族三人とも出かけるときの留守番を彼がよくやってくれる。将棋が得意。九巻までずっと登場する。⑤⑥⑦⑧⑨巻

368頁 **林田《はやしだ》信正《のぶまさ》** F建設（不破建設）の社長のクルマの運転手。シンエー・モータープール利用者。二十六、七歳。気のいい青年で礼儀正しく、留守番もしてくれる。「いつもこざっぱりとした背広を着てネクタイをしめている」。いつもクルマを磨き、車内の掃除をしている。高校を卒業してすぐ結核で倒れて療養所で六年過ごした。F建設に入社したときに結婚、入社してまだ一年ほどしか経《た》っていない。妻は梅田の百貨店で働いている。桑野とともに骨身を惜しまず働く好青年。⑤⑥⑦巻

378頁 **菊池《きくち》春之《はるゆき》** M冷機の営業員で、シンエー・モータープールの利用者。桑野忠治と林田信正と同じ二十六、七歳くらいで、三人は意気投合しているので「シンエー・トリオ」と呼ばれていた。礼儀正しく、電話の応対やクルマの出し入れなどもやってくれていた。⑤⑥巻

428頁 **亀井周一郎の義弟** 亀井周一郎の妻の弟でカメイ機工の専務。ホンギの採用のおり、面接をする。社内の女性に手をだしてしまう。(5)(6)巻

429頁 **洪弘基（ホンギ）の妻（回想）** ホンギが一九三〇年に結婚した相手。ホンギの

二つ下。一九三七年、三十歳で腎臓病で死ぬ。彼女の死後、ホンギは兄と娘と日本に渡る。(5)巻

429頁　洪弘基（ホンギ）の二人の娘（回想）　長女は、八年前の昭和二十五年、十八のとき自殺する。ホンギは自分が厳しすぎたと言う。そのうえ、貧しすぎた。一生、この貧しさがつづくのかと思うと、生きるのがいやになると友達に言っていた。生まれは一九三二年あたり。次女は生まれて一年後に死亡。おそらく一九三七生まれで一九三八年ごろの死亡。(5)(9)巻

435頁　ムク　亀井周一郎からもらった柴《しば》犬とシェパードの雑種。メス犬。もらった昭和三十三年五月の時点で生後三か月。人なつっこくて滅多に吠《ほ》えないので、番犬に向いていない。顔はシェパードで尻尾《しっぽ》が柴犬の形。大人しくて可愛《かわい》らしいのでモータープール利用者に人気があった。モータープール内から外に出さなかったのに、妊娠してしまったのでみんなで不思議がる。⑤⑥⑦⑧(9)巻

452頁　福島警察署のえらいさん　杉野の後輩の警部に紹介してもらったえらいさん。「どこで飲み食いしようとも勘定はシンエー・モータープールに廻してくれればいい」と餌《えさ》を撒《ま》いたら、ある寿司屋《すしや》からの請求書がまわってきた。えらいさんを手懐《てなず》けておけばいい、と助言してくれたのは甲田憲道。⑤(7)巻

457頁　伸仁たちを告発したクラスの三人組　担任教師の峰山の指示で、伸仁らの動向をチェックし、「人民裁判」をおこなった三人。チェックされたのは蘭月ビルに住む伸仁と月村くんと土井くん。その一件を熊吾は月村から聞く。伸仁はそのせいで、蘭月ビルに行かなかったので、蘭月ビル昭和三十三年六月の騒動に巻き込まれなかった。
(5)巻

461頁　キャデラックで咲子を送ってきたチンピラ「花柄のアロハシャツを着た、目つきは鋭いが貧相な青年」。「もみあげを長く伸ばし」ている。昭和三十三年六月、咲子を蘭月ビル前までキャデラックで送ってきて「なんや、ここでバイバイか？　俺は三日でも四日でも、ここで待つで」と咲子に声をかけている。それを目撃した熊吾は「あれは、なにかっちゅうとすぐに向こう岸に渡ってしまう目じゃ」と甲田に言う。怒気に駆られた咲子の父と遭遇し、難に遭う。⑤(7)巻

第六部　慈雨の音

あらすじ／人物相関図／主要登場人物紹介

あらすじ

第六部　慈雨の音

〝大阪福島・シンエー・モータープール編〟

昭和三十四年四月から昭和三十五年八月まで。

熊吾六十二歳から六十三歳。伸仁十二歳から十三歳、中一から中二。

四月、関西大倉中学に入学した伸仁を連れて熊吾は城崎を訪れる。また六月には余《あまる》部《べ》鉄橋まで出かけ故人の望みを果たす。

伸仁の身体《からだ》を丈夫にするために小谷医院へ通わせた。その支払い額が大きく、熊吾は中古車ブローカーの仕事を始めた。

京都駅で遭ったやくざ・観音寺のケンに「海老原太一が裏書きした名刺」を渡す。衆議院選に立候補を考えていた太一は動揺した様子。

伸仁と同級生で、蘭月ビルに住んでいた月村敏夫と妹が、母が朝鮮人と結婚したために北朝鮮に渡ることになり、熊吾と伸仁は淀川で鯉《こい》のぼりを振り、別れを告げた。

伝書鳩《でんしょばと》の雛《ひな》をもらった伸仁は、人の手では育てられないと言われているところ、奇《き》蹟《せき》的に飼育に成功するも飼いつづけることができなくなり、余部鉄橋でその鳩を放つ。昭和三十五年の夏、熊吾は鷺洲《さぎす》に土地を借り「中古車のハゴロモ」を始めた。熊吾は再び事業者としての道を歩み出した。

登場人物関係略図

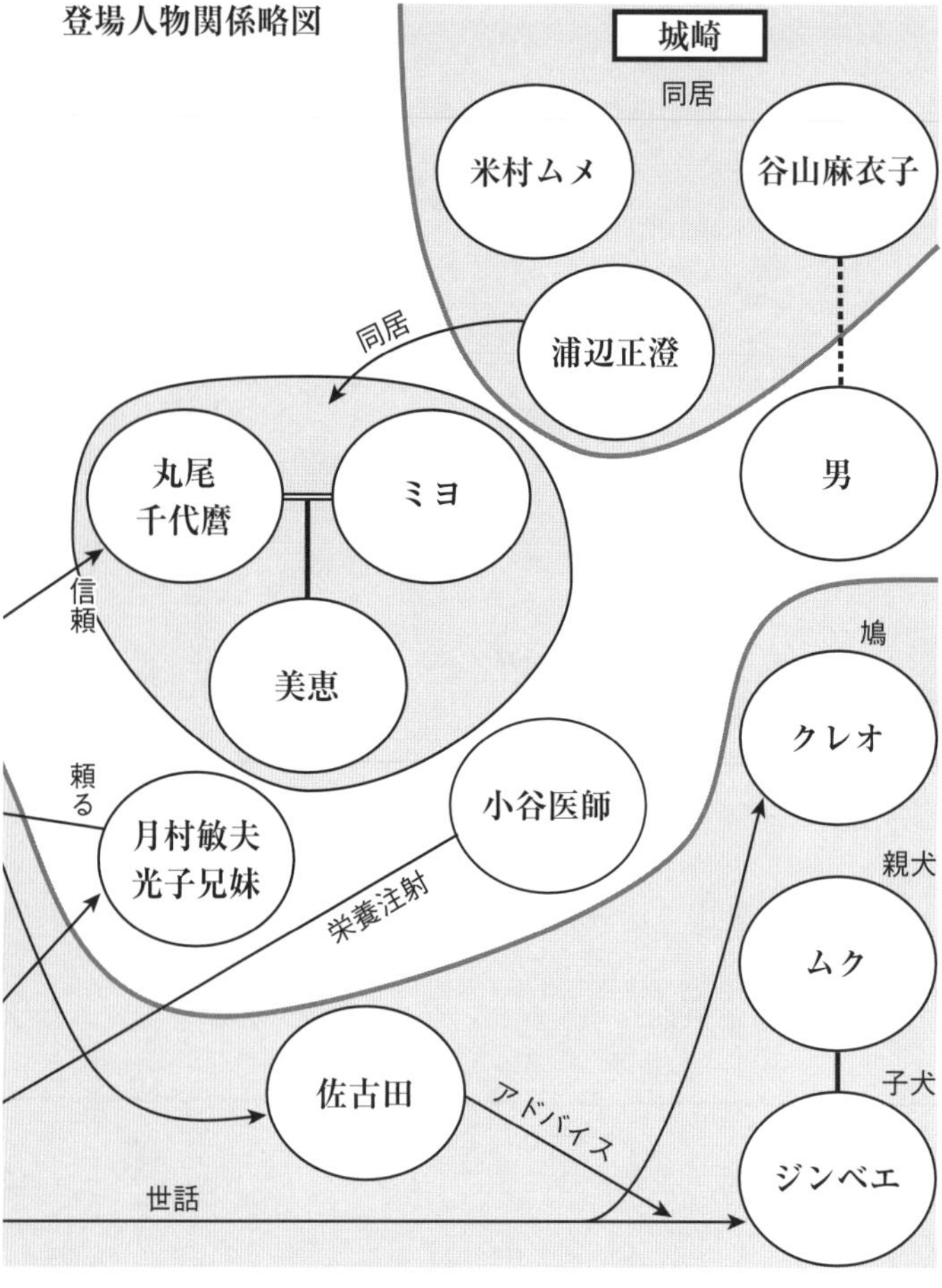
城崎
同居
米村ムメ
谷山麻衣子
同居
浦辺正澄
丸尾
千代麿
ミヨ
男
信頼
美恵
鳩
クレオ
頼る
月村敏夫
光子兄妹
小谷医師
栄養注射
親犬
ムク
子犬
佐古田
アドバイス
世話
ジンベエ

第六部 慈雨の音

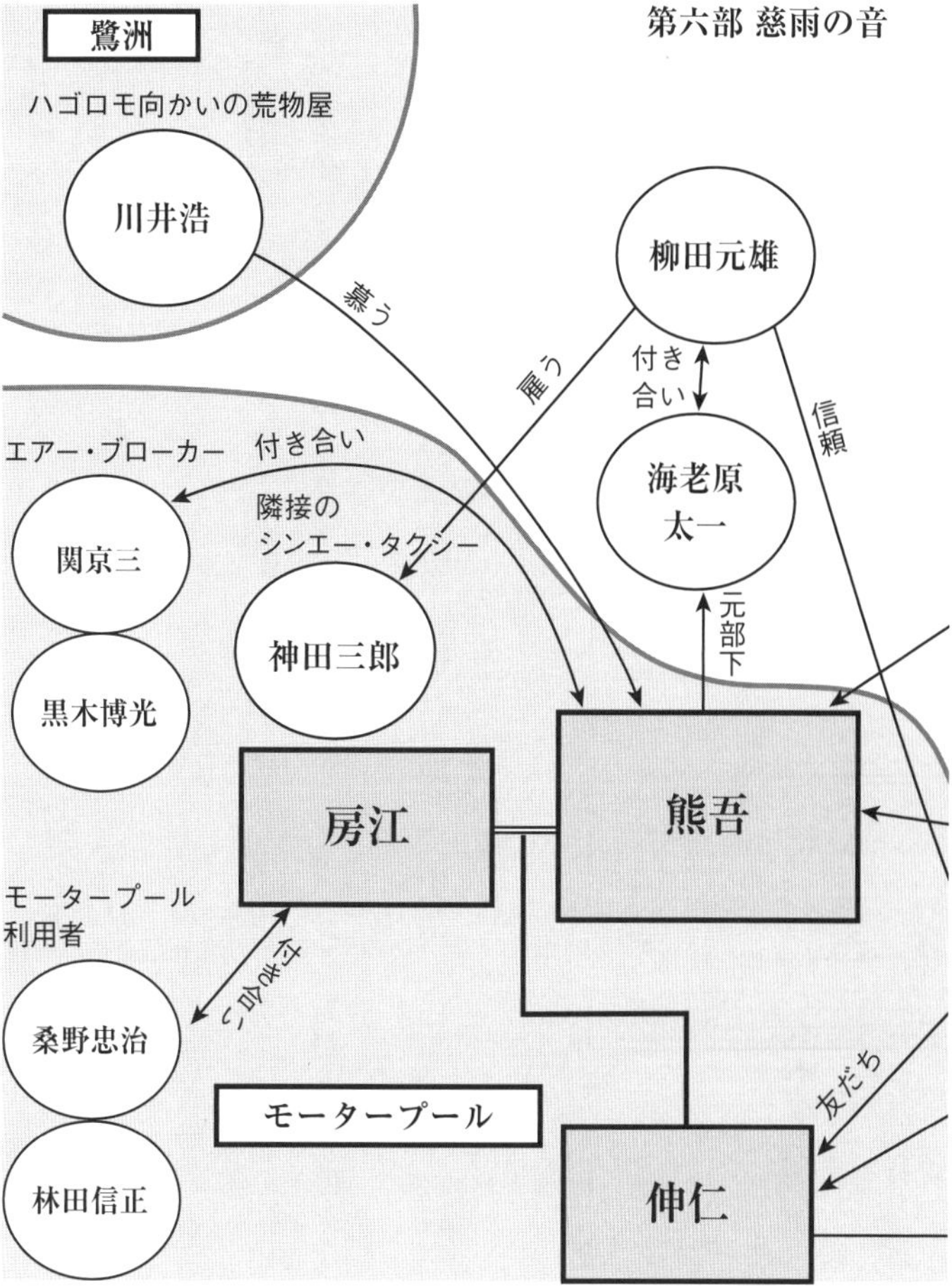
鷺洲
ハゴロモ向かいの荒物屋
川井浩
慕う
柳田元雄
雇う
付き合い
海老原
太一
信頼
エアー・ブローカー
付き合い
隣接の
シンエー・タクシー
関京三
神田三郎
元部下
黒木博光
房江
熊吾
モータープール
利用者
付き合い
桑野忠治
モータープール
友だち
林田信正
伸仁

第六部『慈雨の音』主要登場人物紹介　登場順

丸数字は登場した巻数。（カッコ数字は話題・回想されていた巻）

10頁　岸田《きしだ》先生　伸仁の中学受験のときの家庭教師。建築家を目指している大学生。「建築家になるよりも、学校の教師になったほうがええぞ」と熊吾が評した優秀な家庭教師。(6)(7)巻

38頁　関《せき》京三《きょうぞう》　中古車エアー・ブローカー。熊吾と同年で昭和三十四年で六十二歳。あだなはタンクさん。良心的なエアー・ブローカーなので、モータープール事務所を使うことを熊吾が許す。⑥⑦巻

39頁　黒木《くろき》博光《ひろみつ》　中古車エアー・ブローカー。熊吾と同年で昭和三十四年に六十二歳。あだなはデンチューさん。百八十cm以上の長身細身で関とはデコボコ・コンビ。のち、熊吾の中古車販売業の片腕となる。⑥⑦⑧(9)巻

67頁　蕎麦屋《そばや》（京都の大江能楽堂近く）の主人　昭和三十四年五月、ホンギと京都の能楽堂に入る前に一緒に入り、「井筒」の解説をした店。のち伸仁とも入る。「表から見ればどこにでもありそうな蕎麦屋だが、切り子の徳利も、それと対になっている猪口《ちょこ》

も、小さな木《き》桶《おけ》も、砕いた氷の敷き詰め方も、心が行き届いている」。能楽堂の近くで店を持って七十年になる。⑥⑺巻

83頁　**桑野忠治の祖父（回想）**　桑野が五歳のときに死んだ。「名人と称される左官職人」で、「将棋も素人《しろうと》の域を出る」ような名人だった。「棋譜の収集家でもあった」。桑野が生まれる前に父が死に、母も姉たちも働きに出ていて一人で留守番するしかなく、また吃音《きつおん》なので外に遊びに行かなかったので、その棋譜をひたすら読み込んで、将棋がうまくなった。⑹巻

90頁　**西岡秀樹《にしおかひでき》**　伸仁の関西大倉中学の同級生で仲良しグループの一人。大淀区の印刷工場の四男。吃音でがに股《また》。のち昭和四十一年「中古車ニュース」という冊子の印刷を熊吾が依頼しようとしたことがある。⑥⑼巻

90頁　**仕立屋の次男**　伸仁の関西大倉中学の同級生で仲良しグループの一人。のち彼と二人で伊豆旅行に行く。⑹⑺⑻巻

93頁　**佐古田《さこた》**　柳田商会の社員。サコちゃん。「五十前後の赤ら顔」。きつい目つきでおそろしく無愛想。モータープール内に作業場をもらって一人で作業する。熊吾とは旧知。「車をばらさせたら日本一の腕じゃ。どんな車でも、三日で丸裸に解体して、必要とあらばそれを三日で完璧《かんぺき》に元に戻しよる」と熊吾はその腕を絶賛する。解体の職

人のなかでもとびきりの腕前らしい。「柳田商会は佐古田がおらんかったら儲《もう》けは半分に減るじゃろう」。最初はあまりに無愛想なので、房江は苦手にしていた。やがて房江も伸仁も慣れていき、味方にもなってくれる。⑥⑦⑧⑨巻

99頁　池内《いけうち》メリヤス店の兄弟　シンエー・モータープール近くの池内メリヤス店の兄弟。兄が高一、弟は伸仁と同級生の中一（昭和三十四年）。物干し台に鳩舎《きゅうしゃ》があり、伝書鳩を五十羽飼っている。最初は伝書鳩が帰ってくる時間を伸仁が計っていた。七月に生《い》駒《こま》山で三十二羽の鳩を取られる。翌年、伝染病にかかった鳩を伸仁に押しつける。⑥⑺巻

113頁　神戸《かんべ》司《し》郎《ろう》　モータープール近くのカンベ外科病院の院長。熊吾一家やモータープール利用者のかかりつけ医。⑥⑦⑧⑼巻

115頁　「銀二《ぎんじ》郎《ろう》」（寿《す》司《し》屋《や》）の店主夫婦　昭和三十四年二月ごろに福島の阪神電車と国電の踏み切りのあいだにできたカウンターだけの寿司屋。初老の夫婦二人で切り盛りしている。熊吾はよく利用している。⑥⑦⑻⑼巻

116頁　デンスケ　デンちゃんとも。毛の長い小さな犬。モータープールに勝手に入り込み、ムクと仲良くなっていた。ジンベエの父犬。「ムクの半分もあらへんでェ。このへんにいてる犬のなかでいちばん不細工でみすぼらしい犬やでェ。あの犬だけは、ぼ

くが許さん」と仲仁は言う。市場の奥にある「ちくわや蒲鉾《かまぼこ》やごぼ天などの練り物を売る店」で飼われた模様。⑥⑦⑧巻

131頁　富田《とみた》くん　曾根崎の先の淀川沿いのウィスキー・ボンボン工場の子。仲仁の曾根崎小学校の同級生。中学では野球部部員。仲仁は不在がわかっていて、ウィスキー・ボンボン狙《ねら》いで訪ねた。お父さんが対応して、ウィスキー・ボンボンをくれる。出てくるところを目撃していた母に怒られ、富田くんが家に帰って来るころに、もういっぺん行く、ちゃんと逢《お》うてくる、と言った。⑹巻

141頁　浦辺《うらべ》建一《けんいち》（回想）浦辺ヨネの父。城辺《じょうへん》の南端に住んでいた。一家で手癖が悪いと噂《うわさ》されていた。浦辺建一は日露戦争戦勝提灯《ちょうちん》行列のとき、空き巣に入った疑いで捕まる。「冬になるころに放免されて村に帰って来たが、すぐに村からいなくなった」。日露戦役の八、九年後、熊吾十六、七のころどこかで結婚した女と帰郷、廃屋と化したかつての家に住みだした。唐沢の叔父の葬儀で熊吾が帰郷したとき、建一は働いていた魚茂で帳場の盗みの疑いをかけられ、怒って主人に算盤《そろばん》を投げ、そのせいで、暇を出された。漁師たちは建一の家に押しかけ一家に殴る蹴《け》るの暴行を働く。のち、唐沢の叔父の長男より、浦辺一家が夜明けごろに去っていったとの手紙が来る。ヨネのみ黙して笑みを向けしとあった。⑵⑹巻

142頁　城崎の町会議員　麻衣子の付き合っていた相手。昭和三十四年に四十半ば。昭和三十四年の時点で城崎の町会議員。既婚者。和田山の大きな家具店の次男。兄が死んだので、家業を継ぐことになった。栄子の父。栄子が十八になるまで養育費を支払う約束をしている。名前は出ない。⑥⑺巻

159頁　藤枝《ふじえだ》先生　仲仁の中学の生物の先生。温泉につかるコツを教えてくれた。また、変わった交尾をする昆虫の話から、人間のオスとメスの交尾の話をしてくれる授業がおもしろいと仲仁は言う。「そりゃあ、ええ先生じゃ」と熊吾も答える。フジエロ先生と呼ばれている。⑹巻

194頁　ムクの産んだ六匹の子　昭和三十四年六月二十八日夜に産んだ子犬。一番活発でよく太っている茶色のオスは林田がもらうことになっていて、残りのうち四匹は二週間後にはもらい手が決まった。目の開かない一匹だけもらい手が決まらない。それがジンベエ。⑥巻

201頁　熊吾と縁戚《えんせき》の警官（回想）　熊吾十七のとき、一本松で喧嘩《けんか》ばかりしていて警察の厄介になったときに説教してくれた警官。「血の繋《つな》がりはないが親類」。「なァ、クマよ、牛の糞《ふん》にも段がある、っちゅう言葉があるぞ」と言い、「何のことやら皆目わからんかったが」妙に心に刻み込まれたと、琵琶湖《びわこ》に同行しようとした亀井に語る。

⑹巻

205頁　**観音寺のケンと倉田百合の子**　昭和三十一年に身重のまま房江たちの前から消えた倉田百合は、のち女の子を無事に産んだ、と昭和三十四年六月にばったり京都駅で遭ったケンが熊吾に伝えた。⑹巻

208頁　**阪大の工学部の研究者**　カメイ機工の亀井社長いわく「三十になるかならんかの青年ですが、考えてることが斬新《ざんしん》過ぎて、研究室では異端者扱いされて」いる、ちょっとおもしろい研究者。翌年、新たに引き抜いてきた技術者の一人だとおもわれる。⑹巻

212頁　**ジンベエ**　ムクの六匹の子のうち目が開かない一匹。メス犬。昭和三十四年（一九五九年）六月に生まれる。目が開かない顔がジンベエザメのようだったからジンベエと名付ける。薄めた硼酸《ほうさん》で伸仁が毎日根気よく拭《ぬぐ》い一か月近く経《た》ってから目が開く。直後に伸仁の目の近くを花火が直撃したが失明は免れたので、房江はジンベエが守ってくれたのかと思う。⑥⑦⑧⑨巻

220頁　**ムクの子の茶色のオス**　ムクの六匹の子のうちの一匹。いちばん活発で、よく太っている茶色のオスで、F建設の運転手・林田信正がもらった。⑥巻

234頁　**松坂千佐子の父（回想）**　御荘で自転車屋をやっていた妻子ある男性。タネと関

係をもったが千佐子が生まれて三年目に死んだ。房江も何度か会ったことがあった。すごい長身で、「茶目っ気のある笑顔」だった、と、成長した千佐子を見て房江はおもいだしている。(2)(6)(9)巻

263頁　月村兄妹の母の再婚相手　甲田さんの鉄工所で働いている朝鮮人。月村兄妹の母親は競輪や競艇のない国に行きたいと言って北朝鮮帰還へ加わろうとしている。(6)(7)巻

290頁　柳田元雄の娘　此花区の柳田商会の周辺の工場群からの煤煙《ばいえん》が多くなり、妻と娘が喘息《ぜんそく》に似た症状を訴えるようになっていると、柳田が話す。そのため柳田は芦屋に家を買うらしい。(6)(8)巻

315頁　砂田《すなだ》進一《しんいち》　阪神裏のホルモン焼き屋・牛ちゃんのおやじ。南宇和・御荘の平城《ひらじょう》の生まれ。十八までそこで育って、いまも従兄《いとこ》や姪《めい》は平城にいるという。出入橋《でいりばし》にいるならず者に帰り道でからまれるというので熊吾がついて帰ってやる。砂田の一番上の兄は、唐沢の叔父の長男に勉強を教えてもらったというつながりがある。昭和三十四年十二月に初めて行って以来、牛ちゃんに繰り返し熊吾が通う。⑥⑦⑨巻

315頁　出雲《いずも》洋司《ようじ》　ホルモン焼き屋・牛ちゃんで昭和三十四年十二月に会った男。五十歳くらい。タチバナ商事の貿易部課長。台湾からバナナ、香港から中華食材や漢方薬の

材料を輸入する部署にいるため、アジア情勢に詳しい。インドシナでアメリカが戦争を仕掛けるんでないかと、話している。四年後に店で再会したとき、インドシナ半島ではもう戦争が始まってます、と教えてくれる。昭和二十五年から毎年果物を買いに行ってきたが、もう行けないだろうと話す。⑥⑦⑻⑼巻

315頁　野中光喜《のなかみつき》　ホルモン焼き屋・牛ちゃんで熊吾が出会った客。三十代後半の教師風の男。出雲洋司と口論していた。十五のときから高麗橋《こうらいばし》にある写真館で奉公してきた職人ですと名乗る。シベリア抑留では「優等生から順番に日本に帰してくれるっちゅうんで、一生懸命（共産主義を）勉強しました。それが悪いことでっか?」と熊吾に食ってかかる。⑥⑺⑼巻

315頁　富永信介《とみながしんすけ》　小柄な眼鏡の男。ホルモン焼き屋・牛ちゃんで熊吾が出会った客。自分の父は十三のときから五十年近く松屋町の人形屋で働いていたという話をする。⑥⑺⑼巻

330頁　砂田進一の兄（回想）　阪神裏のホルモン焼き屋・牛ちゃんの店長・砂田の一番上の兄は「唐沢さんのご長男（熊吾の説明によると四十幾つかで死んでいる）に勉強を教えてもろうて、お陰で大学に行きよったんです。おととし（昭和三十二年）、亡《な》くなりましたが」とのこと。⑹巻

332頁　クライスラーに乗ってきた観音寺のケンの手下　昭和三十四年十二月九日夜、海老原出馬の報道から数日後、住所を教えていなかったはずのモータープールに型の新しいクライスラーを運転してやってきた男。「灰色の背広に黒いネクタイ」姿。「あきらかに暴力団員だとわかる」。「使い走りのチンピラではなさそう」。太一の名刺を受け取った観音寺のケンからの「そろそろ動いてええか」という言葉を伝えにきた。⑥巻

350頁　クレオ（クレオパトラ）　白い鳩。昭和三十五年三月、伸仁が池内兄弟から生後五日目にもらった鳩の雛。その前日に親鳩が死んだので、池内兄弟がくれた。伸仁が自分のシャツと肌のあいだに入れて育てた。伸仁の手からでないと餌《えさ》を食べなかった。人の手で育ったのは奇跡じゃと熊吾は感心した。⑥⑺⑼巻

369頁　井田《いだ》淳郎《あつろう》　伸仁の中学一年と二年のときの担任。二十七、八歳、大学では考古学を専攻していた。「落ち着きがあり、生徒をきつく叱《しか》るということはないが、高等部の素行の悪い問題児も従順で素直に」なる先生。伸仁は崇拝している。いい先生にあたってよかったと房江はおもっている。⑹⑺巻

370頁　神田《かんだ》三郎《さぶろう》　シンエー・タクシーの従業員。昭和三十五年四月八日シンエー・タクシー福島西通り営業所の営業開始とともに雇われた。二十七歳。髭《ひげ》の剃《そ》り跡が青々と

していて頭髪が薄く四十代半ばかとおもえる。「気弱そうな細い目」。「他人と交わることがいかにも苦手」そう。二十三歳のときから大学受験のための勉強を始めている。高校を卒業したあと「小さな食品会社の経理部に就職したが、大学に進んで会計士の資格を取るという夢を捨てられず」会社終わりに自分で受験勉強を続けていた。営業所での仕事は電話番なので、「仕事の合間に受験勉強をしていてもいいという条件で」食品会社を辞めてシンエー・タクシーに就職。昭和三十七年に私立大学の夜間部に入学が決まり、シンエーを辞め熊吾の会社に入る。大学名は出ていないが、吹田にある関西の一流大学とされているので（関西人ならすぐわかるように）おそらく関西大学だとおもわれる。父はビルマで戦死していて母と妹と三人暮らし。「どこから見ても見《み》栄《ば》えはしないが、秀《ひい》でたものを内に蔵している」と熊吾は評している。⑥⑦⑧⑨巻

380頁　**沼地《ぬまち》珠子《たまこ》**　食堂の岡持ちの女の子。昭和三十五年春からモータープール近くの「お多福」で住み込みで働いている。鳥取と島根の県境の村から集団就職で大阪に出てきた中卒の女の子。色白で丸い目をしていて純朴そう。夜遅くにモータープール脇《わき》に一人で寂しそうに佇《たたず》んでいるのを房江が見かける。パブリカ大阪北で働く菊村進一（キクちゃん）と仲良くなり、ときどき、夜中に修理に預かっているクルマで勝手にドライブに行っていた。⑥⑦⑧巻

422頁　**江崎《えざき》**　御堂筋沿い、かつての松坂商会の二軒隣に戦前からある喫煙具店・松峰の主人。熊吾を覚えていてビリヤード店ラッキーで会うと、いつも小さく会釈《えしやく》する。太一が店に寄った話を熊吾にする。⑥巻

438頁　**看板屋**　熊吾と仲のいい看板屋。雀荘《ジャンそう》の丸栄で熊吾と知り合った。昭和三十五年に中古車のハゴロモの看板を頼む。開店する場所を聞き「あそこは、前はチョコレート屋でしたんや。……わたいとおない歳くらいの男が一人で作ってましたんや。電話番の女事務員をひとり置いてました。……たぶん、ふたりはできてたんですな。その女、あそこで首を吊《つ》りましてん。男は機械ごと、どっかへ移って行きよって、それ以来、借り手があらわれんままになってましてん」、幽霊が出るという「噂もちらほら」などと熊吾に聞きたくもないことを教えてくれた。熊吾と同じ糖尿病を患《わずら》っている。何度か仕事を頼んでいる。⑥⑦⑨巻

441頁　**木俣敬二**　チョコレート職人。一人で「コーティング・チョコレート」の工場をやっている。熊吾が中古車のハゴロモを開いたところに以前、店を持っていた。そこで死んだ女の墓参りと称して店に忍び込み、熊吾にとっつかまる。それ以来、熊吾と不思議な行き来がある。大正八年（一九一九年）生まれなので、昭和三十五年に会ったとき四十一歳。背が高く、いかつい体つき、でも人の良さそうな顔をしている。戦

前、横浜のホテルで使い走りをしていたとき、ベルギー人の菓子職人にチョコレート作りを学んだ。腕のいいチョコレート職人。熊吾はいろいろ相談に乗ったり、社員を紹介したりする。のち丸尾千代磨と大の仲良しになる。物語の後半に頻繁に登場する人物である。⑥⑦⑧⑨巻

442頁　**大久《おおく》保《ぼ》五《ご》郎《ろう》**　玉川町にいる七十歳の金貸し。ハゴロモの運転資金を借りる。大工の刈田が紹介してくれた。「少し利子は高いが、十万円までなら用立ててくれる」とのこと。「生まれてこのかた太陽の光に当たったことがないのではないかと思えるほどに色が白く、七十歳なのに豊かな髪は銀色」。伸仁を保証人にすることを条件に金を貸してくれる。親が子のためにどれぐらい苦労しているか知っとくためにあんたに保証人になってもらった、と伸仁に話をする不思議な老人。⑥巻

447頁　**川井《かわい》浩《ひろし》（荒物屋）**　中古車のハゴロモ向かいの荒物屋の主人。度の強い眼鏡をかけている。熊吾と同年くらい。小柄なのに大きい声。熊吾に親しみを感じているようで、見かけるたびに声をかけてくる。熊吾も何度か店の留守番を頼んだことがある。長男は海老江で自動車の修理屋をやっている。次男はハゴロモの五軒隣のうどん屋。昭和四十二年には胆石の手術をする。昭和四十三年には幼なじみで民生委員をやっている熊谷洋子ちゃんを紹介してくれる。⑥⑦⑨巻

第六部
慈雨の音

第七部　満月の道

あらすじ／人物相関図／主要登場人物紹介

第七部
満月の道

あらすじ

第七部　満月の道

〝大阪鷺洲・中古車販売のハゴロモ編〟

昭和三十六年十一月から昭和三十八年六月まで。

熊吾六十四歳から六十六歳。伸仁十四歳から十六歳、中三から高二。

鷺洲の中古車のハゴロモは好調でかなりの儲《もう》けを出し、また柳田元雄からモータープールの管理人をもう一年やって欲しいと頼まれる。

昭和三十六年十二月には大淀にハゴロモの支店を出し、また翌年の十月には「松坂板金塗装」の会社も興し、弁天町にも土地を借りる。中古車のハゴロモは大いに儲かっている。

昭和三十七年、伸仁は高校へ進学、熊吾はあらためて木俣敬二と親しくなり彼のチヨコ菓子作りにいろいろと手を貸す。

秋には房江が柳田から管理人をさらに一年やってくれと頼まれ、彼からゴルフ場経営に乗り出す野望を聞く。熊吾が多忙でさほど顔を出せないモータープールには質《たち》の悪いエアー・ブローカーが出入りするようになっていた。

　昭和三十八年になり、板金塗装も中古車販売も順調のはずなのに儲けが激減する。三月に熊吾は森井博美の情夫のヤクザと直接会い、手切れ金を七十万円支払うことで手を打つ。ここまではきれいな関係だったのだがその後、再び男女の関係に戻る。しばらく連絡の取れなかった城崎の麻衣子はひとりで女児を出産していた。そのあと彼女は房江の助言も取り入れ、城崎で温泉客相手の蕎麦屋《そばや》を始め、繁盛《はんじょう》している。そこへ房江は遊びに行き美味《おい》しい鰻屋《うなぎや》も知る。

　五月末、ハゴロモの経理を担当していた男の不正横領に気づき、大金を盗まれていたことがわかる。

登場人物関係略図

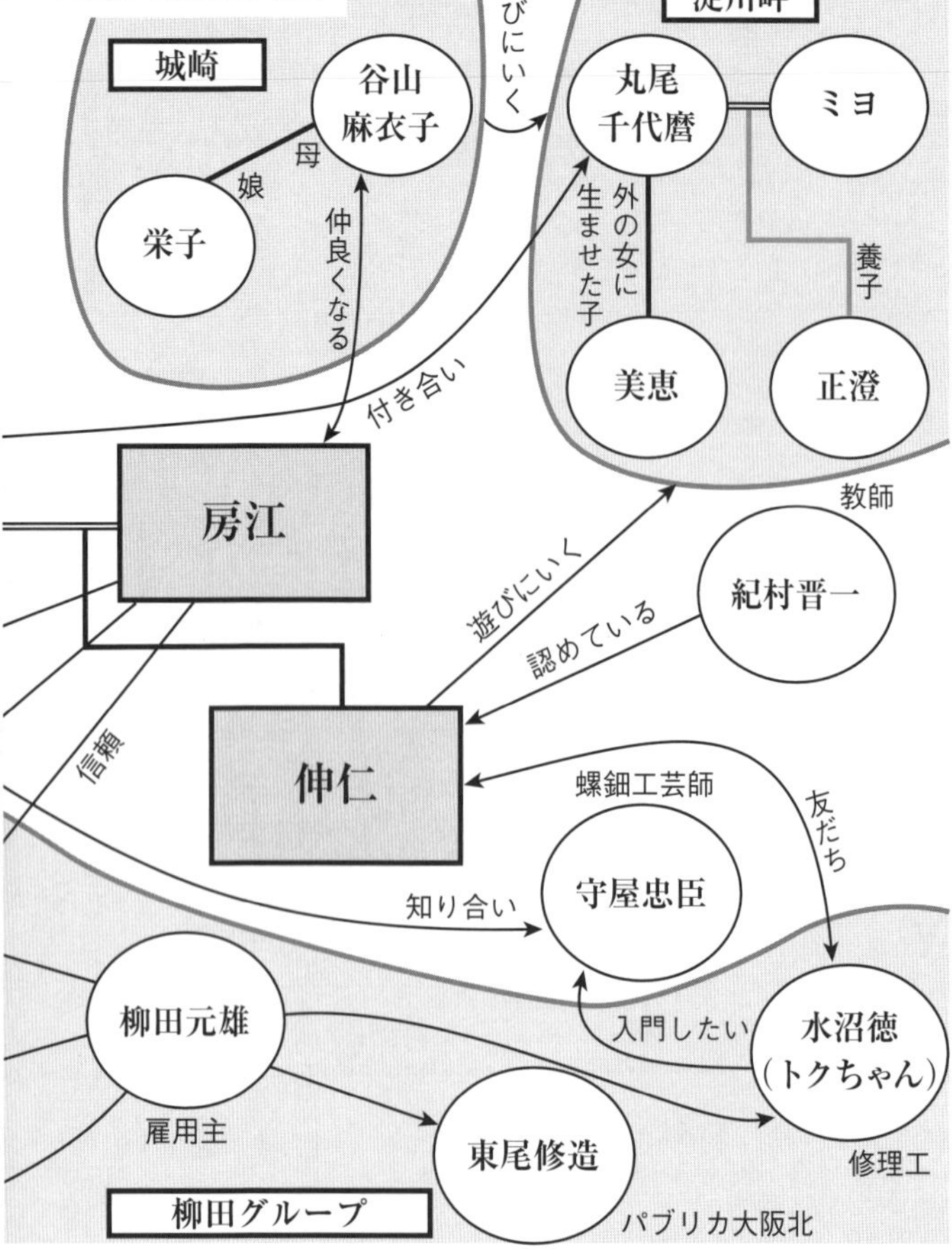
城崎
谷山
麻衣子
栄子
母
娘
仲良くなる
遊びにいく
淀川畔
丸尾
千代麿
ミヨ
外の女に
生ませた子
養子
美恵
正澄
付き合い
教師
房江
遊びにいく
紀村晋一
認めている
信頼
伸仁
螺鈿工芸師
友だち
守屋忠臣
知り合い
柳田元雄
入門したい
水沼徳
（トクちゃん）
雇用主
東尾修造
修理工
柳田グループ
パブリカ大阪北

第七部 満月の道

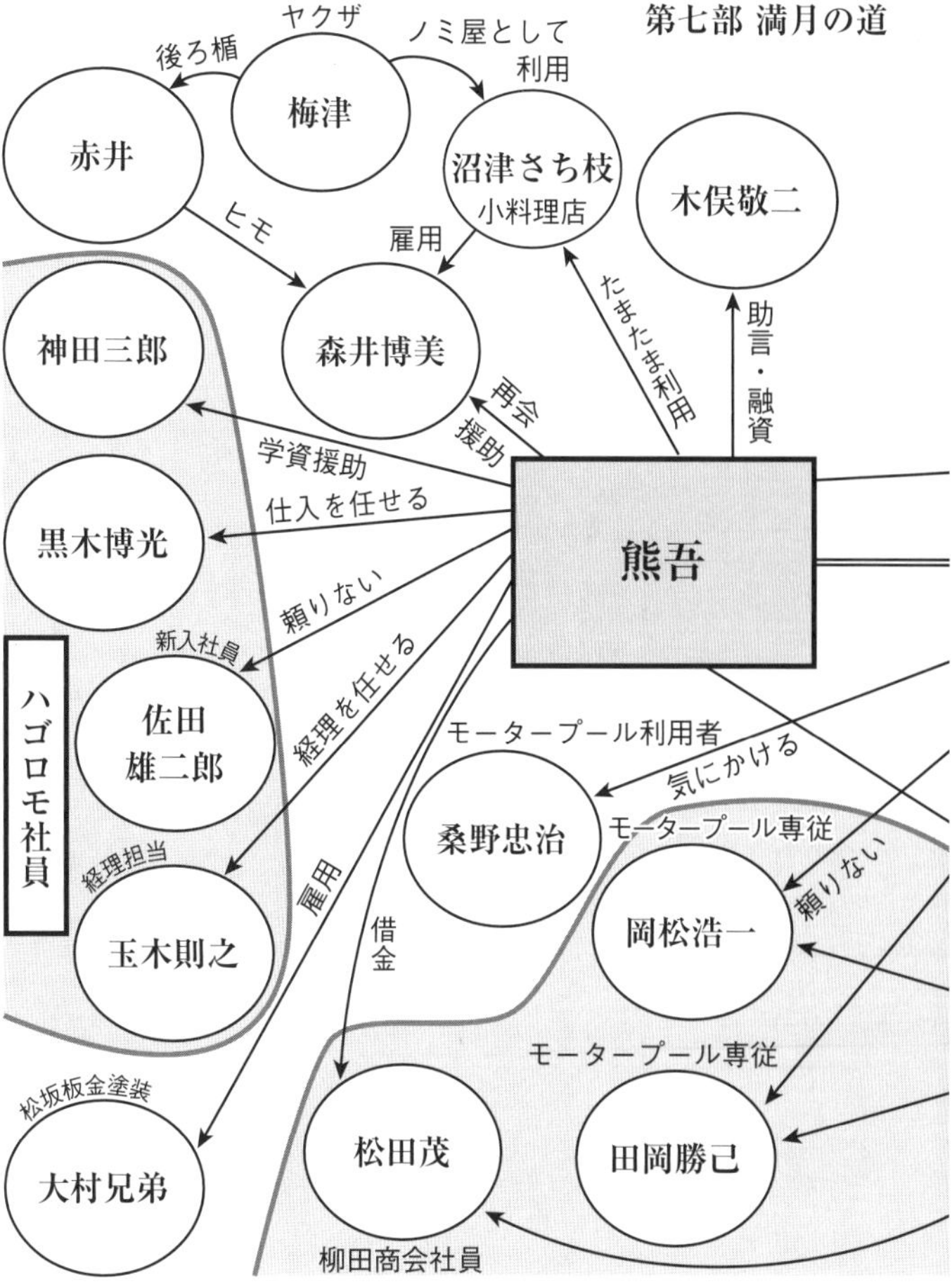
ヤクザ
後ろ楯
梅津
ノミ屋として
利用
赤井
沼津さち枝
小料理店
木俣敬二
ヒモ
雇用
たまたま利用
助言・融資
神田三郎
森井博美
再会
援助
学資援助
仕入を任せる
黒木博光
熊吾
頼りない
新入社員
ハゴロモ社員
佐田
雄二郎
経理を任せる
モータープール利用者
気にかける
桑野忠治
モータープール専従
経理担当
岡松浩一
頼りない
玉木則之
雇用
借金
モータープール専従
松坂板金塗装
松田茂
田岡勝己
大村兄弟
柳田商会社員

第七部『満月の道』主要登場人物紹介　登場順

丸数字は登場した巻数。（カッコ数字は話題・回想されていた巻）

5頁　佐《さ》田《だ》雄二《ゆうじ》郎《ろう》　ハゴロモの社員。関京三の紹介で昭和三十六年から働き出した。二十二歳。若くて元気だがまったく機転がきかない。思慮も浅い。⑦⑧⑨巻

5頁　玉木《たまき》則之《のりゆき》　ハゴロモの社員。簿記の二級を持っているのでおもに経理を担当。昭和三十六年秋から勤める。四十五歳。広島で原爆に遭うが、たまたま井戸の底の掃除をしていたので、顔の火傷《やけど》だけで助かった。昭和二十六年から大阪中央市場の青果卸店で働いていた。戦争で右膝《ひざ》を負傷し、歩行が困難で、歩くのがかなり遅い。またネフローゼという病気にかかっている。競馬にひそかに凝っていた。⑦(8)(9)巻

18頁　田《た》岡《おか》勝己《かつみ》　柳田商会社員、昭和三十六年十一月からモータープールの社員となる。この時点で二十歳。大学に行きたがっていて、受験勉強をしたいため、モータープール勤めの方がいいだろうということで移ってくる。若いのに苦労人のようで、いろんな場面で気を遣っている。実家は近江八幡《おうみはちまん》。天満《てんま》橋《ばし》の近くに叔母がいる。松坂一家といろいろな付き合いがある。のち、何とか大学に入学した（たぶん近畿大学）。⑦⑧

⑨巻

30頁　柳田商会の寮の賄《まかな》い婦　伸仁の部屋と寮のあいだにある社員食堂の賄い婦。房江の五歳上。昭和三十六年で五十五か五十六。食費が少ないとこぼすが、房江が見るところ、「心のこもっていない手抜き料理ばかり」作っている。「独身社員たちは仕方なくそれを食べるしかないが、給料を貰《もら》って二、三日」は「社員食堂に足を踏み入れる者は」なく、近所の食堂にいく。寮の食堂の冷蔵庫に食材が余っていない。たぶん持ち帰って自分のものにしているのだろうと房江は見ている。⑦巻

32頁　松野《まつの》すみこ　すうちゃん　聖天通《しょうてんどお》りの商店と商店に挟まれた二階家の窓辺にいる三歳の女の子（昭和三十六年）、熊吾にだけ笑顔を向けてくる。「その笑顔があまりに可愛《かわい》らし」い。その二年半後、昭和三十九年になっても同じように窓辺から道を眺めていたので熊吾は声をかけた。⑦⑧巻

34頁　赤井《あかい》　森井博美が一緒に住んでいた男（昭和三十六年）。ヤクザの使い走りで生活能力はない。博美が熊吾と連絡を取って、赤井から逃げようとすると監視をするようになった。のち熊吾にまとわりつくようになる。⑦⑧⑨巻

38頁　木俣敬二の妻　小学校の教師。木俣はたまにカカオ豆を多めに使った上等のチョコを造るが、それは売り物ではなく「教師をしている妻のため」とのこと。話の中に

第七部 満月の道

出ることはあるが、リアルには登場しない。⑹⑺⑼巻

49頁　**水沼徳《みずぬまとく》**　トクちゃん　パブリカ大阪北の修理工。中学を卒業して能登の農家から集団就職列車で大阪へ出てきた。身長が百五十二センチしかない。肩幅が広く、腕の筋肉がごっつい。伸仁と仲がいい。伸仁の一つ上。のち、螺鈿《らでん》細工に興味を持ち、京都の職人のもとへ修業に入る。⑦⑧巻

60頁　**守屋忠臣《もりやちゅうしん》**　京都の螺鈿工芸師。熊吾と同年くらい。京都の能楽堂で熊吾と知り合いになる。北野天満宮近くに家がある。のち、水沼徳を弟子に迎えることになる。⑦⑧巻

67頁　**谷山栄子**　麻衣子の子。昭和三十六年（一九六一年）五月生まれ。麻衣子は父・周栄文から栄の字をとったもよう。人見知りする子。⑦⑧⑨巻

80頁　**石井《いしい》寮長**　シンエーモータープール西側の元校舎の柳田商会独身寮に住む若者。寮長役。柳田元雄の従妹《いとこ》の子。三十二歳。気性が穏やか。⑺巻

155頁　**沼津《ぬまづ》さち枝**　森井博美の勤める店の女主人。聖天通り商店街にある居酒屋に毛がはえたような小料理屋。昭和三十七年で七十歳、「二年前に階段から落ちて膝の皿を割」り、ほとんど歩けなくなった。料理は作れるが運ぶのに難儀するので博美を雇った。夫も子もおらず、小金はためている。日曜日、店が「馬券のノミ屋の根城」とな

る。上客は百円の馬券を九十円で買える。昭和三十八年に脳卒中で倒れてしまう。⑦⑻⑨巻

162頁　**富岡《とみおか》仙一《せんいち》**　神戸の小規模な海運会社「富岡海運」社長。昭和三十七年に五十八歳。四国・山陽地方の中古車を船で神戸港へ運ぶことをおもいついたが、中古車業界のことには門外漢だったので、知人の紹介で熊吾に会いに来た。「戦前に父親が創設した富岡海運株式会社を戦後五年たったときに引き継」ぎ、「今治のタオル業者たちとの仕事から会社再興を始め」る。タオルだけだと「貨物船に無駄な空きが生じる」ので中古車を積もうと考えた。しばらく富岡海運の船を使って熊吾たちは中古車を運んだ。⑦⑧巻

173頁　**黒木博光の妻と娘**　黒木は三か月に一度くらい、妻と娘を連れて法善寺横丁の土佐料理屋で食事をするという。娘は二十八で、「まだ嫁にも行かんと、電話の交換手をして」おり、妻はつれこみホテルの掃除係をしている。⑺⑼巻

226頁　**紀《き》村《むら》晋一《しんいち》**　伸仁の高校一年のクラス担任、英語教師。シェークスピアの研究者。細かなことで叱《しか》らないし、落ち着きがあり、新米教師ながら一目置かれている。いずれ大学で研究者となるのであろうと思われている。「あの子は、好きなことをさせといたらいいです」と房江に伸仁のことを言い、房江は嬉《うれ》しくなって熊吾にその言葉を

伝えに行く。⑦(9)巻

230頁　**大村信一《おおむらしんいち》・孝二《こうじ》兄弟**　松坂板金塗装が雇った板金塗装職人の兄弟。昭和三十七年秋から雇う。坊主《ぼうず》頭。中学を卒業してから淀川大橋南詰めの工場で働いていた。兄弟で揃《そろ》って趣味はラジコン。兄弟で腕はいいが、手の抜きようがしたたか。またかなり陰険な気質で、あとから入った後輩職人は揃ってやめていった。⑦⑧巻

238頁　**菊村進一《きくむらしんいち》**　キクちゃん　集団就職でパブリカ大阪北に勤めだした修理工。鳥取の大山《だいせん》の麓《ふもと》の出身で、車の修理技術の飲み込みは同期の仲間のなかでは抜きん出ている。かつては坊主頭だったが、いまはリーゼントになっている。工場長や寮長の言うことはきかず、寮の規則は守らず反抗的で、まわりは手を焼いている。「夜中に内緒で車を運転」しているのを熊吾は知っていて、「事故を起こしたらえらいことじゃ」から運転するなと注意している。房江は沼地珠子とモータープールの裏で会っているのを見かけたことがある。「寮の連中とは反りが合わ」ないが、伸仁とは仲が良く、「ときどき一緒に銭湯」に行っている。「十八になったら工場を辞めてヤクザの道に進みたい」と言っているらしい。⑦⑧巻

239頁　**東尾修造《ひがしおしゅうぞう》**　パブリカ大阪北の専務として引き抜かれた五十前の男。大手の都市銀行で支店長をしていた。「頭の切れ方や人柄や手腕に惚《ほ》れて」柳田元雄が「自分の右

腕として」引き抜いた。昭和三十六年暮れには入社している。柳田のゴルフ場建設に目《め》処《ど》がつくと、私の役目は終わった、熊吾の板金塗装の会社を大きくしたいと申し出てくる。パプリカ大阪北の若い女・島本奈緒子とねんごろになっていたようで、彼女も連れて松坂板金塗装にやってきた。⑦⑧⑼巻

244頁 岡松浩一《おかまつこういち》 モータープールの担当者として昭和三十七年十一月から柳田が雇う。事務全般を任されているが「朝九時に出勤し、夕方の五時に退社する」ので業務にうまく対応できていない。「長く信用金庫に勤務して、浪速《なにわ》区の支店長から天王寺区の支店長を歴任したあと、五十歳から監査役として三年間勤めた」ところで、柳田の誘いでモータープールにやってきた。柳田は、ゴルフ場開発にその信用金庫の力を借りるために雇っていた模様。「小柄だが肉づきが良くて、いつも仕立てのいい背広と地味なネクタイ姿で事務所の机に向かっている」。実直で堅物。モータープール二階に住む松坂一家との接触が多いが、熊吾はあまりいい印象を持っていない。⑦⑧巻

246頁 松田茂《まつだしげる》 柳田商会の社員。柳田元雄の義兄の子。岡山の中学を卒業して戦後すぐから柳田商会で働いている。それぐらいしか存在を誇示できる部分がなく、「後輩社員よりも秀《ひい》でているところは無いに等しい」。熊吾に「『大将、大将』と言い寄って、寿《す》司《し》などをご馳《ち》走《そう》になろうとする」。熊吾もよくかまっている。熊吾が中古車販売の

仕事を広げようとしたときに金を貸してくれる。それで暖簾《のれん》分けしてもらって商売をしたいと考えていたが頓挫《とんざ》する。飲んでいても反応が鈍く、酒の相手としても熊吾は飽きてしまう。⑦⑧⑨巻

284頁　鈴原清《すずはらきよし》　中古車のハゴロモを拡大するときに弁天町店で雇った運転免許を持っている若い社員の一人（同時にもう一人雇ったがそちらは名前が出ないままである）。のち中古車センターに出向のような形で勤める。さらにハゴロモ勤務となり、最後まできちんと勤め上げる。⑦⑧⑨巻

284頁　松田茂の母　「岡山の瀬戸内海沿いの町で魚の行商をして」ふたりの子供を育てた。息子が熊吾に貸した金の多くはこの母が出していた。返済を迫ってきたとき、特殊な邪気と醜悪さを房江は感じた。⑺⑧⑼巻

298頁　武部《たけべ》彦次郎《ひこじろう》　戦前の横浜で周栄文と仕事をしていた人物。昭和三十八年で六十二歳。造船会社で働き、のち船舶運輸会社に出向していた。徳沢の紹介で熊吾と会い、周栄文の話をする。柳田が作ろうとしているゴルフ場に隣接したところにもうひとつの別のゴルフ場ができることになっていて、そちらに徳沢と武部が関係しているとの話も出た。のち、熊吾が武部と柳田のあいだを取り持つことが何度かあった。⑦⑻⑼巻

310頁　**山川《やまかわ》**　モータープール事務所を根城にしはじめた柄の悪いエアー・ブローカー。金魚のいる水槽に吸い殻を捨てている。仲間から大将と呼ばれていた色白の大男。もと中古車部品屋に勤めていて柳田とは顔見知り。ボス的な存在だった。昭和三十八年三月、事務所にやってきたヤクザに頭から茶をかけられる。⑦巻

312頁　**モータープールへ来たヤクザ**　四十二、三歳の頰のこけた男。下着のシャツの上に背広を着ていて、長いマフラーを巻いていた。昭和三十八年三月六日、モータープールの事務所に入って来て、エアー・ブローカーの山川をにらみつづけ、湯呑《ゆの》み茶碗《ぢゃわん》の茶をちょろちょろと少しずつ頭からかけた。これは挨拶《あいさつ》代わりだと言って、出て行く。おそらく森井博美の男（赤井）のバックにいるヤクザ。梅津がおおもとだが、彼本人なのかどうかはわからない。⑺巻

321頁　**新オート社の社長**　熊吾が金に困っていた昭和三十八年三月、二十万円借りた相手。⑺巻

365頁　**カカシ**　山川らに代わってモータープールを根城にしはじめたエアー・ブローカーの一人の渾名《あだな》。人柄はいい。五十前後の男。背広にネクタイ姿なのに、なぜかカカシに見えるので伸仁がそういう渾名をつける。「奥さん、私らのためにお茶を淹《い》れてくれはらんでも結構でっせ。ここで電話を使わせていただくだけでもありがたいんで

すよってに」と房江に声を掛ける。のち、タクシー運転手に転向し、たまたま熊吾が乗りあわせ、二人で一緒に食事したことがあった。⑦⑨巻

371頁　三国保《みくにたもつ》　丸尾運送の古参社員。昭和三十八年四月、丸尾運送に行く房江を迎えに来てくれた。房江とは十六年ぶりだと言う。おそらく昭和二十二年九月（一巻一四一頁）の丸尾千代麿初登場のときに一緒にいた若い衆の一人で、また昭和二十九年八月（三巻二四七頁）に力道山を見るために喫茶店に陣取った一人である可能性が高い。いまは小五男児、小二女児、幼稚園の男児の子供三人がいる。松坂の大将やノブちゃんとはときどき会っていると言い、ノブちゃんはときどき扇町の丸尾運送に来て小遣いをもらって正澄と一緒に不二家パーラーに行ったりしているという話をする。⑴⑶⑦巻

377頁　田端《たばた》　出石《いずし》の蕎麦屋・田端屋のもと亭主。昭和三十八年に七十一歳。麻衣子一人でやっていた城崎のちよ熊《くま》にきて、こんなひどい蕎麦は食べたことがないと言う。と同時に、温泉街で成功するのは蕎麦屋だとおもう、私が若ければこの店を蕎麦の専門店にするとも言った。それを聞いた麻衣子は、すでに甥《おい》に譲られている出石の田端屋に乳呑《ちの》み児《ご》の栄子を連れて押しかけ、無給で働いた。ただ半年で帰らされた。田端の奥さんに「城崎に帰ってくれ、もう出石には来ないでくれ」と言われたのだった。⑺

巻

382頁　講道館の師範　正澄の通っている柔道場に昭和三十八年四月、東京の講道館から来て教えている柔道師範。師範が来ている二週間、仲仁は見学に行っていた。まだ仲仁は柔道に興味をもっているのだなと房江はおもう。⑺巻

397頁　小川《おがわ》のおばあさん　城崎の麻衣子の家の三軒隣に住んでいるおばあさん。栄子の面倒を見てもらって月五千円支払っている。栄子はおばあさんにすっかりなついている。戸口の右側の四畳半がおばあさんの部屋で、栄子は、おばあさんの布団《ふとん》の中で寝てしまい、それを麻衣子が引き取りに行く。家族は、水産加工会社に勤める息子さんと、三人の孫、中一と小五と小三。みんな夜の十時には寝てしまう。嫁は四年前に亡《な》くなっている。⑦⑧巻

412頁「山形食堂」（鰻《うなぎ》屋）の主人　城崎にある鰻のうまい店。麻衣子は「ここの鰻重を食べるために城崎へ足を延ばす人がいてる」と説明する。ええ鰻が入ったときだけしか店をあけへん「鰻の専門店」で四つしかテーブルのない小さい店。鰻好きの房江がうまそうに食べるので、気に入られる。子だくさんで、男三人、女三人、「男の子はみんな大阪と京都で働いて」いて、「お姉さんたちももうみんな嫁いで」いて、一番下の女の子がトメちゃん。⑺⑧⑼巻

462頁　梅津《うめづ》　森井博美の情夫・赤井の上にいる参謀格のヤクザ。ヤクザ組織内での序列は五番目くらい。昭和三十八年四月に恐喝と暴行で逮捕されたと夕刊に載っていたと博美は言う。裏でいろいろな糸を引き、熊吾とかかわりがあった。⑺巻

467頁　瀬《せ》口進三《ぐちしんぞう》　シンゾウくん　フルネームが出るのは八巻。ハゴロモ大淀店の近くの食堂で働く子。昭和三十八年四月に集団就職で食堂の岡持になった。鳥取の農家の子。昭和二十三年（一九四八年）二月生まれなので伸仁の一つ下。パブリカ大阪北にシンゾウくんの同級生がいて遊びに来るので、伸仁はピンポンなどを一緒にやったことがある。「元気で快活で、とにかく見た目が明るい」。洋食の料理人になりたがっていたが、勤めたところが大衆食堂だったので意気消沈していた。そのため熊吾が梅田の明洋軒に、雇ってみる気はないか、と声をかけ、転職する。⑦⑧⑨巻

486頁　退学になった伸仁の同級生　伸仁と中学時代からとりわけ仲の良かった同級生。商業科。スクールバスの灰皿窃盗《せっとう》の疑いで三人とも退学になった。そのうちの一人は六巻90頁の「仕立屋の次男」（本書149頁）。高校へ通うスクールバスの中ほどに座っていてドライバーを使わずに座席の背凭《せもた》れについている灰皿をはずせるかと競っていて、一人が「親指の爪《つめ》を使ってネジを外すことに成功したが、うしろの席に座っていた伸仁が「戻せ」と言ったのが「隠せ」と聞こえて、カバンに隠したため、盗んだ、と判

断されて、退学になった。三人とも商業科で卒業後は家業を手伝う予定だったので、進学組の伸仁まで退学になったらまずいと、伸仁のことを言わなかった。その話をして、明洋軒でビフテキを食べながら伸仁はずっと泣いていた。⑺⑻巻

486頁　スクールバスの運転手　茨木駅から伸仁の高校までの送迎バスの運転手。観光バスをスクールバスに使っていて、運転手も観光バスの会社の人。伸仁の級友三人が灰皿をはずしているのをバックミラーで見ていて、「突然、バスを停め、恐しい剣幕で怒鳴り」座席にやって来た。⑺巻

第八部　長流の畔《ほとり》

あらすじ／人物相関図／主要登場人物紹介

あらすじ

第八部　長流の畔

〃大阪千鳥橋・中古車センター編〃

昭和三十八年六月から昭和三十九年十月まで。

熊吾六十六歳から六十七歳。伸仁十六歳から十七歳、高二から高三。

横領事件により中古車のハゴロモは経営難に陥る。松坂板金塗装を手放そうと考えていると、柳田商会での役目が終わったと自嘲《じちょう》ぎみに言う専務・東尾修造が、松坂板金塗装を儲《もう》かる会社に変えたいと申し出てくる。金に困っていた熊吾は松坂板金塗装を東尾に譲るが、東尾の頼みもあり名目上の社長職に留まった。東尾の経営はかなり杜撰《ずさん》で、周囲のものは心配するが、東尾は自信ありげにつきすすんでいく。

此花区千鳥橋近くの工場跡が使われていないことを知った熊吾は、ここで中古車センターが開けるのではないかと考え、河内モーターらの旧知の社長をさそって、その開設にむけて邁進《まいしん》する。そのおり「サクラ会」の丹下会長と、また隻腕《せきわん》の佐竹一家と知り合いとなる。

昭和三十八年夏に、何とか中古車センターの開設にこぎつける。

松坂板金塗装は店を閉め、不渡りになった手形をもった取り立て屋が房江や伸仁の周りにまで出没するようになる。

森井博美との腐れ縁が続いていた熊吾は、別れを告げようと向かった日に、あやしんで後をつけてきた房江に密会現場に踏み込まれる。もう帰ってこなくていいと言われ、熊吾はしかたなく愛人宅で過ごす。何度か房江との仲を修復しようと試みるがうまくいかず、そのうち房江は、あやうい決意をして城崎を訪れる。

なんとか難を逃れた房江は、生まれ変わる決意をして、大阪の中心地にあるホテルの従業員食堂で働くことを決めた。

中古車センターの巨大倉庫の崩壊にあと一歩で巻き込まれるところだった熊吾は、佐竹の幼い子供二人のおかげで一命を取り留めた。

第八部
長流の畔

登場人物関係略図

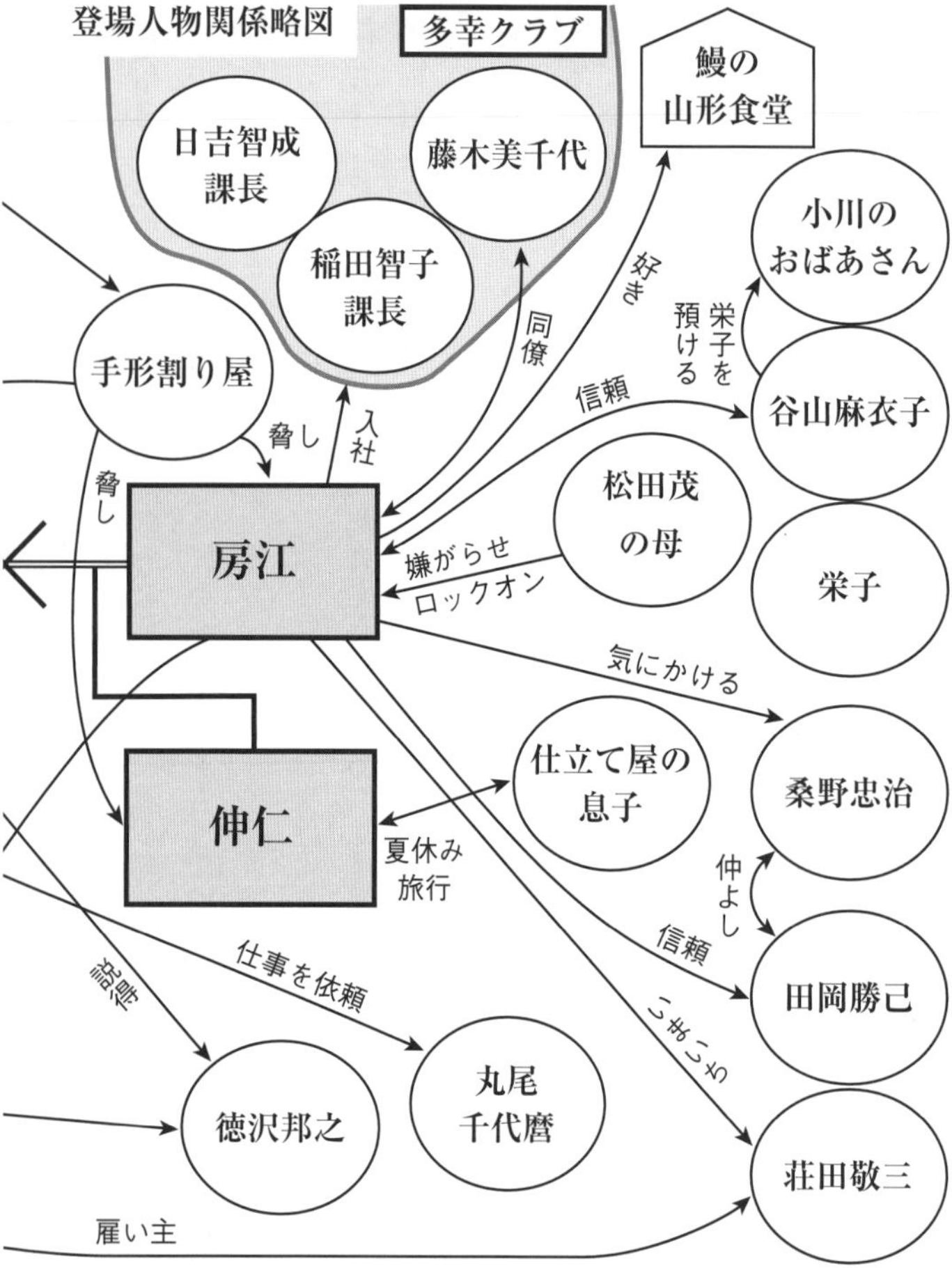
多幸クラブ
日吉智成
課長
稲田智子
課長
藤木美千代
鰻の
山形食堂
小川の
おばあさん
手形割り屋
同僚
好き
栄子を
預ける
信頼
谷山麻衣子
脅し
入社
脅し
松田茂
の母
房江
嫌がらせ
ロックオン
栄子
気にかける
仕立て屋の
息子
桑野忠治
伸仁
夏休み
旅行
仲よし
信頼
田岡勝己
説得
仕事を依頼
いまいち
徳沢邦之
丸尾
千代麿
荘田敬三
雇い主

第八部 長流の畔

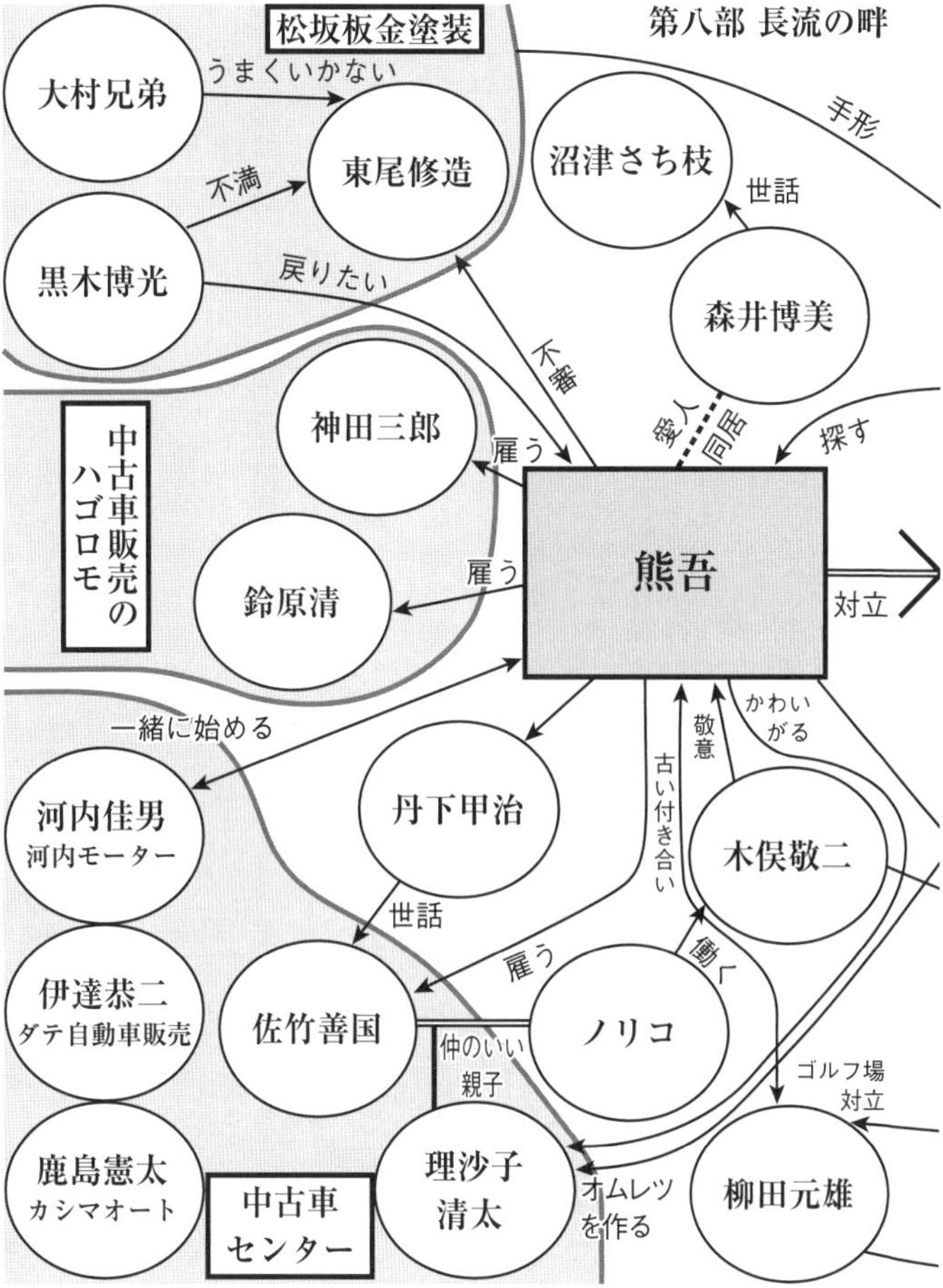
松坂板金塗装
大村兄弟
うまくいかない
東尾修造
不満
黒木博光
戻りたい
沼津さち枝
手形
世話
森井博美
愛人
同居
探す
不審
神田三郎
雇う
中古車販売のハゴロモ
鈴原清
雇う
熊吾
対立
一緒に始める
河内佳男
河内モーター
丹下甲治
かわいがる
敬意
古い付き合い
木俣敬二
世話
雇う
働く
伊達恭二
ダテ自動車販売
佐竹善国
ノリコ
仲のいい親子
ゴルフ場対立
鹿島憲太
カシマオート
中古車センター
理沙子
清太
オムレツを作る
柳田元雄

第八部『長流の畔』主要登場人物紹介　登場順

丸数字は登場した巻数。（カッコ数字は話題・回想されていた巻）

29頁《ページ》　**阿部久治《あべひさはる》**　関西中古車業連合会へ参加した会社の一つ、新大阪モーターの社長。戦前からの付き合いがある。熊吾と同い年の六十六歳（昭和三十八年）、十四歳の孫がいる。二号さんとも長く十八年も付き合っているという。最近、ゴルフを始めた。(8)(9)巻

29頁　**辻原和重《つじはらかずしげ》**　辻原自動車センター社長。関西中古車業連合会立ち上げメンバーの一人。他の会社は中古車部品を中心に販売しているが、辻原自動車センターは中古車そのものの販売を主に手がけていたので、中古車業連合会の中心メンバー。(8)(9)巻

29頁　**伊達恭二《だてきょうじ》**　ダテ自動車販売社長。関西中古車業連合会の立ち上げメンバー。⑧(9)巻

29頁　**鹿島憲太《かしまけんた》**　カシマオート社長。関西中古車業連合会の立ち上げメンバー。彼の戦死した父は、戦前の一時期、松坂商会で働いていた。立ち上げメンバーの中では最年少。⑧(9)巻

36頁　宇《う》波《なみ》聖子《せいこ》　河内モーターの女性事務員。熊吾とは戦前からの顔なじみ。河内モーターに勤めるようになったのは昭和十五年、当時二十七、八くらいで三人目の子がお腹《なか》にいた。ご亭主はフィリピン群島のどこかで昭和二十年の春ごろに戦死した。河内モーターのおかげで三人の息子を育て上げることができた。「帳簿のことどころか、自動車部品のことも生き字引」。熊吾は「ベアリングに関しては博士号をあげてもええくらいじゃ」と言っている。「いささか太りすぎではないか」と熊吾はおもっている。台湾に事務所ができるのなら、行きたいと言い出す女傑。⑧⑨巻

37頁　電線メーカー工場跡地担当者　中古車センターに使うための千鳥橋近くの電線メーカーの巨大な工場跡地の担当者。「四十になるかならない」くらい、「度の強い眼鏡をかけ」ている。五年間はこの土地を使っていいと保証してくれた。「サクラ会の丹《たん》下《げ》甲治《こうじ》」という人と気心を通わせてほしいと熊吾に言う。野良《のら》犬の始末も彼に頼めばいいとのこと。余計なことをいっさい言わず、熊吾への土地貸与へ積極的に動いてくれた人物。熊吾は好感を抱いている。⑧巻

44頁　丹下甲治　サクラ会の理事長。関西中古車業連合会のための用地を電線メーカーから借りようとしたとき、この人と気心を通いあわせてもらうことが条件です、と言われ紹介された人物。工場の担当者には「丹下さんはヤクザではありません。この工

場の周辺に住む青年たちが暴力団の世界に入って行くのを阻止しつづけてきた」と説明された。丹下はサクラ会は互助会だと説明してくれた。まわりには子供を学校へは行かさずに働かそうとする親が多いので、「親を説得して学校へ行かせ、就職の面倒も見てやりとうて、昭和三十年に」設立した。丹下は、食用油の卸し問屋に十三のときから奉公にあがり、「船で運ばれて来る品物を安《あ》治《じ》川《がわ》の船着き場で荷揚げする仕事」をやっていた。大阪大空襲で、卸し問屋の主人夫婦は焼死。継ぐ縁者はおらず、丹下が継いだ。⑧⑨巻

58頁 丹下甲治の末娘 三十前後の女。とても無愛想。家やそのまわりで何度か熊吾と会うが、あまりきちんと挨拶《あいさつ》をしない。⑧⑨巻

58頁 佐《さ》竹《たけ》善国《よしくに》 関西中古車業連合会を立ち上げる前に、熊吾が丹下に、この男を守衛として雇ってくれ、「安心して推薦できる男」だ、と言われた人物。「戦地で右腕を失《な》くし」ている。十三のときから沖仲仕をしていた。昭和三十八年に四十二歳。結婚して子供が二人いる。妻が働いて、自分は「家事専門です」と言う。「子供を徹底して愛そうと」している姿を見て熊吾は感銘を受ける。もう働けないとおもっていたので、仕事に就けたことがとても嬉《うれ》しいようだとあとで丹下が言う。熊吾の言うことを守り、働いた金を子供の教育資金として貯蓄するようになる。背が低いが肩幅が広い。⑧⑨

巻

59頁 佐竹ノリコ 佐竹善国の妻。昭和三十八年七月に三十五歳。海産物の卸問屋と魚屋で働く。「肌理《きめ》の細かな、色白な、太ってはいないがドラム缶を細くしたような体型で、胸の豊かさが目につく可愛《かわい》らしい顔立ちの女」で、三十五には見えない。せいぜい三十。「逞《たくま》しさの奥に清楚《せいそ》なものも併せ持つ」と初対面から房江は好感を持つと同時に、蘭月ビルの津久田咲子に似ているとおもいだす。顔立ちは違うが「雰囲気がそっくり」で、咲子が十五歳ほど歳《とし》をとって純朴になったらノリコになるとおもっている。善国によると、「十二のときから魚屋で働いてきましたから」「女房は魚のことしか知らんのです」とのこと。職場を転々としはじめたので、運転免許を取って、木俣の店で働いてはどうだ、と熊吾は勧める。善国は、「あいつは運動神経抜群やから、すぐに免許証が取れると思います」と言った。⑧⑨巻

59頁 佐竹理沙子《りさこ》 佐竹善国の長女。昭和三十八年七月に六歳、小学一年生。工場跡にスキップするようにはしゃいで歩いてくる。熊吾と握手をし、「熊吾のパナマ帽をかぶってはしゃい」でいた。熊吾のクルマに乗ってかき氷を食べに行くことになり、商店街のてんや物を出す店で「苺味の赤いシロップと練乳をかけたの」を熊吾が子供たちのために頼む。熊吾と房江にとにかくなついて、かわいらしい子供。けっこう成績

はいい。⑧⑨巻

59頁　佐竹清太《せいた》　佐竹善国の長男。昭和三十八年七月に五歳、工場跡にスキップするようにはしゃいで歩いてくる。野良犬に石を投げようとして父に止められる。握手をしたあと、「熊吾の手をひっぱりながら、クマさん、クマさんと繰り返し」姉に叱《しか》られる。いつも姉と一緒に行動している。千代麿によると、小さいときのノブちゃんにいろんなとこが似ていて、ちょっと問題、という。⑧⑨巻

83頁　佐竹善国の友人のリーダー格の男　三十五、六歳。中古車センターオープン準備に働いてくれた七人の友人の一人。おそらく野良犬の始末も担当してくれた。背から肩にかけて滝を登る鯉《こい》の見事な刺青《いれずみ》がある。「大将、これで終わりや。もうじき電気屋が来てサーチライトを設置したら、いつでもオープンできるで」と昭和三十八年七月十五日に声をかけてくる。このあと千鳥橋商店街のホルモン焼き屋で二週間世話になったこの人たちをねぎらうことになっている。⑧巻

99頁　富士乃屋の調理責任者　弁当の富士乃屋の弁当製造の責任者。昭和三十八年夏、千二百個の弁当を一気に作るおりに、たびたび、シンエー・モータープールに顔を出している。⑧巻

111頁　トメちゃん　山形食堂の末娘。二十歳くらい。麻衣子が蕎麦《そば》店として再開した城

崎のちよ熊《くま》の出前係として雇った娘。兄が三人、姉が二人、一番近い姉とでも十四歳はなれている。母四十二歳のときの子。「小柄だが弾むような体つき」の娘さん。もうこの子で留めておこうということでトメと名づけられた。そのことを高校のとき知ったトメちゃんは家出をしたらしいが、お腹が減って二時間で戻った。⑧巻

117頁　**島本奈緒子《しまもとなおこ》**　パプリカ大阪北で経理部員をやっていた若い女性。東尾専務の愛人となり、東尾がパプリカを辞めると一緒に辞めて、松坂板金塗装の経理として勤めるようになる。⑧巻

122頁　**柳田元雄の娘婿《むすめむこ》**　昭和三十六年に柳田の一人娘と結婚して婿養子となった。パプリカ大阪北の専務となり、桜橋の柳田ビルも任されている。のち、ゴルフ場開発のおり、隣接する土地の持ち主との交渉を任せるが、理だけで押し通そうとして情に頼らない稚拙さにまわりはちょっと困っていた。(8)巻

169頁　**サカキ歯科医院の歯科医**　桜橋の歯科医院の歯科医。かつて徳沢邦之が診てもらっていたのを思い出し昭和三十八年八月に熊吾も診てもらう。十一月に抜歯されたおり血圧が高くなったが抜歯と血圧は関係ないと言う。それをあとでカンベ医院で診てもらうと、「抜歯と血圧の上昇とは因果関係がないなどという歯医者にかかるのはやめたほうがいい」と神戸に言われる。(7)⑧巻

183頁　島田ユーズドカー　東尾の経営にかかわった松坂板金塗装が取引する大手の中古車販売会社。「名古屋を本拠に、とびきり安い中古車の販売で伸びてき」た。事故車ということは隠さず安く売っているが、あまりまっとうな商売をやっている会社ではない。こんな会社と取り引きをするなと熊吾は言うが、東尾はまったく聞かない。⑧巻

185頁　クワバラ工業　阿倍野区の「残土屋あがりの埋め立て屋」。ここもまっとうな商売をしていない。戦前、取引したときの経験から「ごろつきじゃ」というのが熊吾の見解なのだが、昭和三十八年九月に東尾は取引をしているらしく、熊吾はあきれる。⑧巻

187頁　橋田市会議員　丹下甲治にサクラ会を辞めさせようとしている連中の推す市会議員。丹下相手に直接、身を引くように忠告に行く。サクラ会の次の理事長になろうとしている模様。のち日本住宅公団の数人と、中古車センターの土地や周辺の家々を視察し、測量も始めた。⑧巻

196頁　丹下甲治の奉公していた店の主人夫婦（回想）　丹下の奉公していた食用油の卸し問屋の主人夫婦。大阪の大空襲で焼死した。主人は丹下は頭がいいと見込んで二番番頭を教師につけてくれ、番頭が読み書き算盤《そろばん》と帳簿のつけかたを教えてくれた。(8)巻

231頁　吉川商会の主人　聖天通りの周旋屋（不動産屋）。モータープールからの引っ越し先を探している房江が周旋を頼んだ。使っていたクルマがあまりに古いので、ハゴロモからあらたな中古車を買った。⑧巻

287頁　須《す》垣春夫《がきはるお》　四十八、九歳。もとシンエー・タクシーの管理部長で、昭和三十八年十二月初め、松坂板金塗装に修理部長として就任した。中古車の修理などできない。東尾は独断で板金以外の職人を確保する前に中古車の修理を始めようとする。このただ自分の考えだけで突っ走る東尾を見て黒木はハゴロモに戻らせてくれと熊吾に頼みにくる。⑻巻

289頁　東尾修造の義父　東尾の妻の父。東尾が松坂板金塗装を自分の会社にするときに出資した。もともと宝塚に何か所か土地をもつ素封家で、土地を売って東尾の不始末を処理した。「癇《かん》のきつそうな四角い顔」をしていた。⑧巻

300頁　幣原悦男《しではらえつお》　京都室町の十二代つづく刀剣商。八十三歳。螺《ら》鈿《でん》工芸師・守屋忠臣の知り合い。この関の孫六を「買わんはずがおまへん」と守屋が言うので、熊吾は会いにいく。熊吾は名も知らぬ男からこの刀を買ったのだが、おそらくその由緒《ゆいしょ》も知っているはず。しかし「物の由緒を明かしても、過去の持ち主に関してはいっさい他言せんというのが美術品を扱う人の約束事」だからと、守屋が説明してくれた。跡取りら

しい六十前の男と一緒に熊吾に応対する。⑧⑨巻

300頁　油小路の蒔絵《まきえ》師《し》　守屋がトクちゃんを預けようとしている。昭和三十八年十二月にそういう話が出ている。⑻巻

315頁　上野栄吉の結婚相手　ビリヤードの上野プロが昭和三十九年に結婚予定の女性。三十二歳の子連れ。三歳の男の子がいて、上野はこの子の親になってやりたくて結婚するという。親は京都の三条大橋西側でビリヤード場をやっている。⑻⑼巻

322頁　きよ子さん　森井博美（西条あけみ）の「ダンサー時代の友だち」。同郷の長崎出身、博美の五つ上。博美は「私のたったひとりの友だち」と言う。「北新地でお好み焼き屋をやって」いる。モータープールに電話して、房江に「亭主には女がいる」と告げた「しわがれた声の女」ではないかと、昭和三十八年になって博美は気づいて熊吾にそう伝える。⑧巻

330頁　荘田敬三《しょうだけいぞう》　モータープールの管理人として、昭和三十九年一月半ばからやってきた。彼もまた「モータープールの最も忙しい時間に判で捺《お》したように仕事を終えて帰ってしまう」。モータープールにやってきた柳田が、荘田はもう帰ってしまったのかと驚きぎみに房江らに聞いたあと、七時まで残るようになったので、柳田から何か言われた模様。モータープールが閉鎖されるまで働いた。⑧⑨巻

391頁　古本市の古本売り　野田阪神駅前広場の露店の古本売り。一束十冊で百円の文庫古本を売っていた。伸仁は二十束のなかから十冊を選ぼうとして、「そんなことはさせへん、どんな本が入ってようが一束で百円やと怒りよったけど、粘って粘って選ばせてもろてん。ぼくの粘り勝ちや」と嬉しそうに言う。「北ホテル」「貧しき人々」「凱旋門《がいせんもん》」「滝口入道」「異邦人」などを買った。⑻巻

394頁　日《ひ》吉智成《よしともなり》　多幸クラブ人事部課長。求人広告を見て電話をした房江が、どんな会社でしょうと聞くと、ホテルです、創業は大正九年と答える。穏やかな口調で、翌日、面接をして、房江を採用してくれる。のち次長に昇進している。⑧⑨巻

403頁　稲田《いなだ》智子《ともこ》　多幸クラブ総務部課長。日吉課長と一緒に房江に初任給と社内規定を説明する（房江の初任給一万四千円）。東京の目黒生まれ、「高校卒業と同時に多幸クラブに就職」、東京に長く勤め、メリハリのいい江戸弁で話す。昭和四十二年に四十六歳。同年代の男は戦争に取られ、独身女性の多い世代。「いちども結婚したことはなくて、大きな目の、はっきりした物言いの小柄な人」。バセドー氏病を患《わずら》う。⑧⑨巻

403頁　藤木《ふじき》美千代《みちよ》　多幸クラブ社員食堂の従業員、勤めて三年になる。昭和三十九年五月に五十歳。房江の職場での先輩。一か月ほど一人で社員みんなの賄《まかな》いを作っていたので「きのうまでは地獄やったわ」と言う。知りたいことをストレートに房江に聞い

てきた。世ずれしているが、気はいい。⑧⑨巻

417頁　木俣敬二の工場のアルバイト主婦五人　木俣の工場でクラッカーにチョコレートを刷毛で塗る作業をしてくれる近所の奥さん五人、時間給で雇った。熊吾が工場を訪れると、彼女たちが応対してくれた。⑧⑨巻

431頁　太田《おおた》黒《ぐろ》　木俣が欲しがっているカカオ殻を融通してくれたカネタカ製菓の高槻《たかつき》工場長。カネタカ製菓には徳沢が話を通してくれた。⑻巻

第九部　野の春

あらすじ／人物相関図／主要登場人物紹介

第九部　野の春

あらすじ

第九部　野の春

〝大阪兎《と》我《が》野町《のちょう》・多幸クラブ編〟

昭和四十一年四月から昭和四十三年四月まで。

熊吾六十九歳から七十一歳。伸仁十九歳から二十一歳、（一浪後）大一から大三。

昭和四十一年、一年の浪人後、伸仁は新設の追手《おうて》門《もん》学院大学へ入学。テニス部に入り（実質の創部）熱心に活動する。

佐竹ノリコを雇った木俣製菓は好調、高級チョコの製作にまで乗り出そうとしている。その販路を熊吾がつけてやろうとし、経営を助けてくれないかと頼まれることになる。

福島のモータープールは昭和四十三年二月末の閉鎖が決まり、房江は柳田からそれまで管理人をやってくれと頼まれる。

明彦が結婚し、タネと千佐子もやっと蘭月ビルを出る。

兎我野町（東梅田）のホテル・多幸クラブの社員食堂で働きつづけている房江は、タネを誘い、一緒に働くことになる。

大学二年の伸仁には彼女ができていた。彼女とは二十五になったら結婚するつもりだと伸仁が言うので、秋に房江は二人と寿司屋《すしや》で会った。

昭和四十二年暮れをもって千鳥橋の中古車センターは閉められることになった。佐竹善国はホンギのあとを継いだ。

伸仁も多幸クラブでアルバイトを始める。

中古車販売一本に絞った熊吾は中古車の仕入れ販売のために走りまわる。昭和四十三年になり、森井博美に生活の道をつけてやってからの決別を決意していたが、熊吾は体調が悪化する。

登場人物関係略図

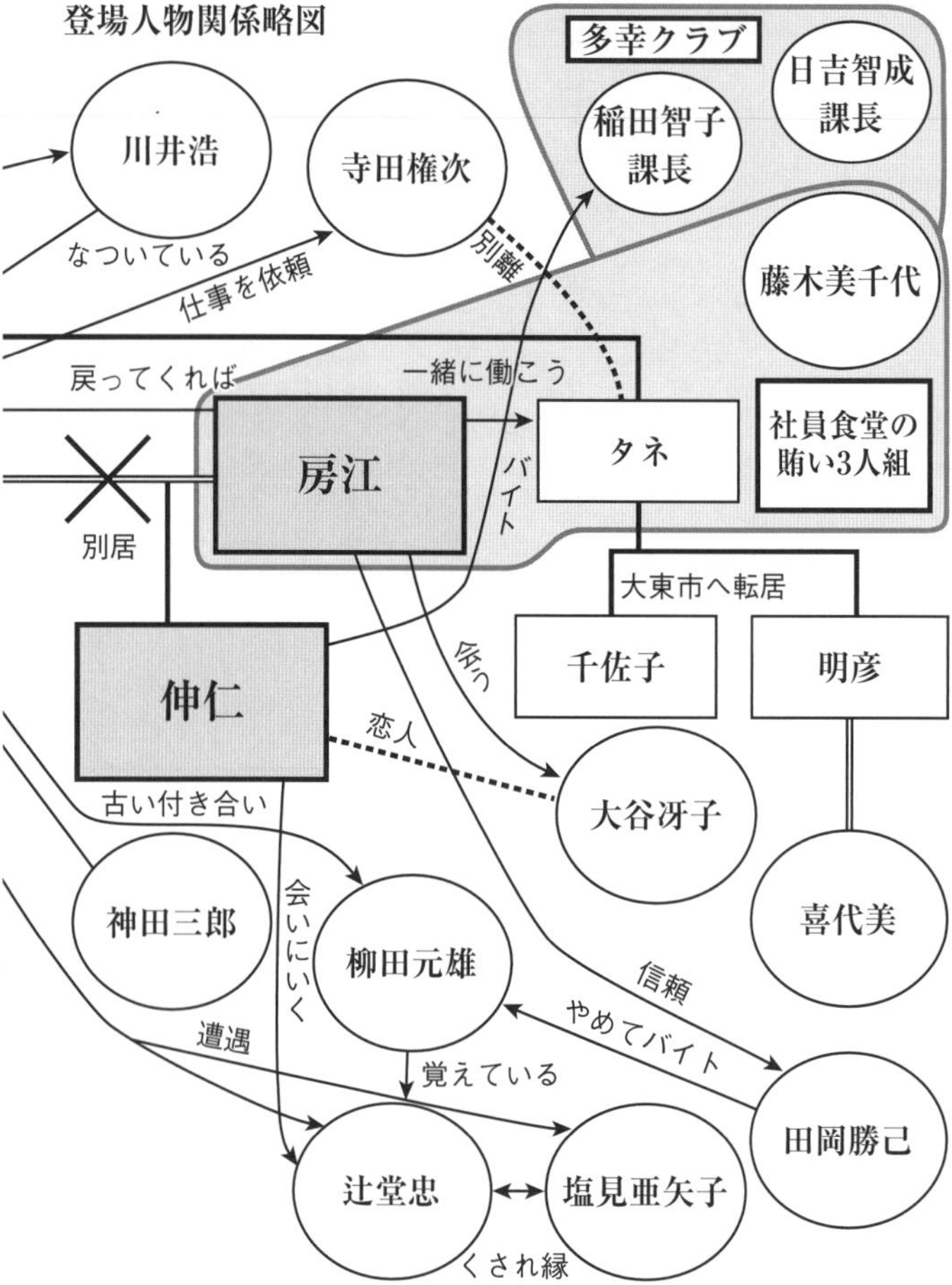

多幸クラブ
日吉智成
課長
稲田智子
課長
藤木美千代
社員食堂の
賄い3人組
川井浩
寺田権次
なついている
仕事を依頼
別離
戻ってくれば
一緒に働こう
房江
タネ
バイト
別居
大東市へ転居
千佐子
明彦
伸仁
会う
恋人
大谷冴子
喜代美
古い付き合い
神田三郎
会いにいく
柳田元雄
信頼
やめてバイト
遭遇
覚えている
田岡勝己
辻堂忠
塩見亜矢子
くされ縁

第九部 野の春

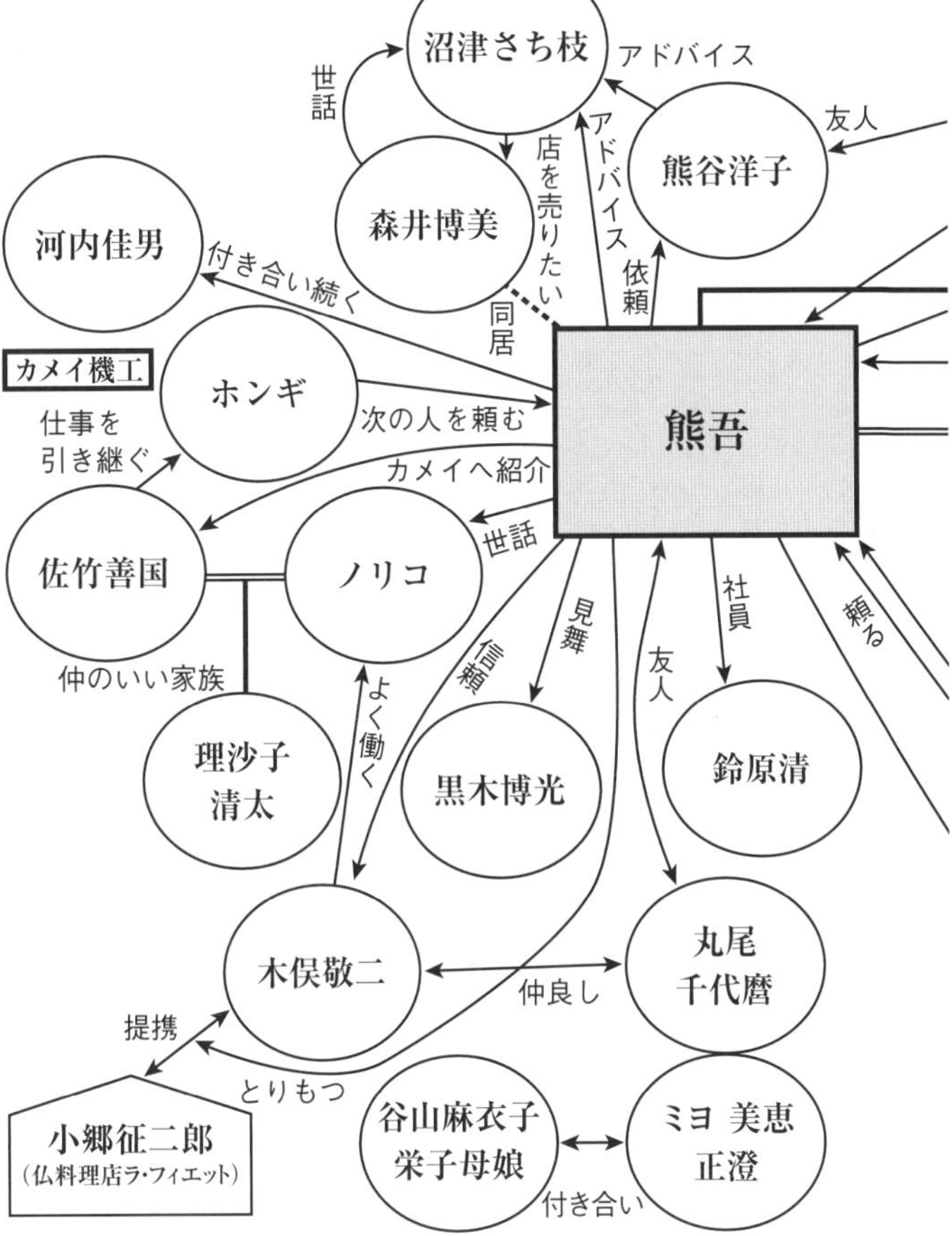

沼津さち枝
アドバイス
世話
熊谷洋子
友人
アドバイス
店を売りたい
森井博美
依頼
同居
河内佳男
付き合い続く
カメイ機工
ホンギ
次の人を頼む
仕事を
引き継ぐ
熊吾
カメイへ紹介
世話
佐竹善国
ノリコ
仲のいい家族
理沙子
清太
信頼
見舞
友人
社員
頼る
よく働く
黒木博光
鈴原清
木俣敬二
仲良し
丸尾
千代麿
提携
とりもつ
小郷征二郎
（仏料理店ラ・フィエット）
谷山麻衣子
栄子母娘
ミヨ 美恵
正澄
付き合い

第九部『野の春』主要登場人物紹介　登場順

丸数字は登場した巻数。（カッコ数字は話題・回想されていた巻）

6頁　**河内佳男の妻と長女**　妻は鹿児島出身で、父から郷中教育について聞いており、その精神の追手門学院に娘を入れた。娘は小学校のときから追手門学院に通っている。(9)巻

14頁　**蔡喜祥《さいきしょう》**　香港の中古部品屋。カシマオートの鹿島憲太が日本に招き、河内佳男に紹介する。河内に一九六六年現在の中国本土での毛沢東の巻き返し「文化大革命」について説明してくれる。(9)巻

33頁　**ピーテル・メルテンス（回想）**　木俣敬二の師匠のベルギー人の菓子職人。戦前、横浜のホテルの調理部にいた。木俣は彼の指示で横浜港を走り回ってチョコレートの原板を買い求めた。木俣二十歳のとき、おそらく昭和十四年に本国へ帰る。帰国に際して木俣が奔走したお礼に「チョコレートの秘密」と言って、六つの数字を教えてくれた。(9)巻

48頁　**窃盗《せっとう》団**　中古車センターを夜中に襲おうとしている窃盗団。本気で狙《ねら》っているよ

うで、夜にうろついている。佐竹が警戒している。(9)巻

49頁　佐竹善国の友人たち　来てくれと頼むと駆けつけてくれる佐竹の友人、数人。深夜でも電話をかけると三分もしないうちに窃盗団を取り囲む。ただ取り囲むだけで何もしないでいると、向こうも何もしないで帰っていく。もう三回あったが窃盗団とおもわれる連中はまだあきらめていない。(9)巻

60頁　江藤《えとう》　西区九条の松島新地にあるストリップ劇場の人。仲仁が忘れ物をしていた、という連絡をしてきたので、房江は仲仁のストリップ劇場でのアルバイトを知り、怒る。(9)巻

63頁　仲仁の隣のクラスのＹ　いつも仲仁を目の敵にして、絡《から》んでくる隣のクラスの男。絡みかたが執拗《しつよう》でケンカが強い。そのため仲仁はドスを作り、もしドスをだして本気で怒っていると知っても殴りかかってくるなら、降参するしかないとおもっていた。無修正ＰＬＡＹＢＯＹとの交換の話を聞いてからは遠巻きに見ていたが近寄らなくなった。卒業式の日に、茨木駅で気障《きざ》に笑みを投げかけて手を振って去っていった。(9)巻

63頁　仲仁のドスと無修正のＰＬＡＹＢＯＹを交換した仲仁の同級生　仲仁のドスをほしがっていて、無修正のＰＬＡＹＢＯＹと交換してくれた。なぜドスを作ったのか理

由をきかれたので伸仁が彼に話すと、話が広まり、当の相手のYにも伝わったらしい。⑼巻

69頁　本屋の主人　モータープール近く交差点の北西角にある本屋の店主。昭和四十一年四月の描写で登場。熊吾と同い年。このごろノブちゃん「立ち読みに来まへんなあ」と熊吾に声をかける。伸仁に上林《かんばやし》暁《あかつき》の「野」という小説を読んでみないかと貸してくれたことがある。高校生のときと浪人生のときにおとなでも読まんような本をぎょうさん読みまくったから、大学生になってからはちょっとは運動もせなあきません、と言う。⑨巻

76頁　スザンヌさん　伸仁がアルバイトをしていた松島新地のストリップ劇場のダンサー。トリをとっていた。⑼巻

76頁　ストリップ劇場のライトさん　劇場の照明係。狭心症の持病があって、一人でやっているのはつらいので助手に入ってくれと伸仁がマネージャーに頼まれる。それ以降、ライトさんは指示を出すだけになって、劇場のライト係は実質、伸仁になる。⑼巻

78頁　錦小路　にしきこみち、と読む。松島新地のストリッパー。スザンヌさんの弟子。「二十三歳ということになっているが本当は三十六歳」。カウボーイ姿で踊る。⑼巻

92頁　北野《きたの》喜代美《きよみ》　松坂明彦の結婚相手。両親と二人の兄と吹田市に住んでいた。昭和四十一年の秋、熊吾と房江が尼崎市民会館での式の仲人《なこうど》をする。⑨巻

110頁　延岡《のべおか》トキ子　多幸クラブ近くの小さなビルのオーナー。四十前の女性。千佐子はそのビルの三階を無料で借りるつもりでいる。⑼巻

131頁　江木《えぎ》チーフ　多幸クラブのページボーイのチーフ。「三十歳の真面目《まじめ》だが口うるさい青年」。女子社員に煙たがられている。正論ばかり言って、融通が利《き》かず仲仁と対立する。⑨巻

132頁　江波《えなみ》すずね　多幸クラブ客室係。食べるのが遅いので食器を洗う時間がなくて、つい房江らに頼む。タネは勤務の初日、食べるのが遅い子に、早う食べるようにせかしても無理やもんね、と洗ってあげる。先輩賄い婦の藤木は少し気を悪くする。昭和四十一年十一月。⑨巻

152頁　鄧可《とうか》一《いち》（回想）上海時代の熊吾の知り合い。「客家《ハッカ》出身の両替屋」。本業は質屋。フランス語や英語、ロシア語、日本語が堪能《たんのう》。周栄文が彼の店で三年間働いていた。⑼巻

156頁　蔡宇春（回想）呂祖慈（五巻二〇二頁）の妻。熊吾が周栄文を連れて日本に帰ってすぐ、子を連れて黄浦江に身を投げた。孫志《そんし》明《めい》と幼なじみ。⑼巻

165頁　孫志明（回想）　百二十年の歴史をもつ仕立て屋の跡取り息子。イギリスで修業。修業先どうしが仲が良かったので、呂祖慈と仲が良く、尊敬していた。また熊吾を慕っていつもいろんな話をした。熊吾と呂が怪しいのではないかとうたがっていた。呂の妻の蔡とは幼なじみ。熊吾は自分の知っている王と呂のことを孫に言っておけばよかったと反省している。⑼巻

178頁　胡《こ》大旦那《おおだんな》（回想）　上海のバンド地区を牛耳る酒問屋の主人でバンド地区周辺の中国人のボス。⑼巻

200頁　多《た》崎《ざき》美《み》和《わ》子《こ》　多幸クラブ予約係の女子社員。中村音吉の部屋を取るために房江が電話したとき応対してくれた。「この子は声と気立てはいいのだが……」と房江は思う。「この子の声を聞きたくてひやかしの電話をかけてくる男が多い」と日吉課長は言っていた。⑨巻

213頁　酒井誠《さかいまこと》　少年時代、船津橋のビル近くに母と二人暮らししていた。仲仁より五、六歳年長で、仲仁に将棋を教えてくれた。昭和四十二年三月六日夜、電車の中で房江と偶然再会。このころ二十代の後半のはず。声をかけてきたので房江は福島駅のベンチでしばらく話す。かつて熊吾が相談があったら来いと言ってくれたので、モータープール時代に進路の相談に行った、熊おじさんは、「安定した職場に就職」しろ、「そ

れには消防署か警察か役所だ。俺は警察にならロをきいてやれる」とのことで、警察官になって、いまは大正警察署の交通課、「もうじき、ほんの少し昇進して」寝屋川署に移る、おじさんの言葉に従ってよかった、感謝していると伝えてくれ、と言われる。去年結婚し、母は勤めをやめ一歳の孫の世話をするのを楽しんでいる。⑨巻

254頁　**大谷冴子**《おおたにさえこ》　伸仁の彼女。小中高大とも追手門学院。父は千佐子が受付係として働くリノリュームメーカーの伊丹工場に勤めている。昭和四十二年の十一月、伸仁に頼まれて房江は三人で会う。この時点で十九歳。自分が二十五歳になったら結婚するつもりと伸仁が言ったので、喫茶店ではなく寿司屋《すしや》で会うことにした。⑨巻

295頁　**小郷征二郎**《こざとせいじろう》　北浜にあるフランス料理店ラ・フィエットの料理長を兼ねる店主。開店当日の第一号の客として熊吾が入った。スープとパンだけを食べたのだが、あまりにうまく、感心する。木俣の作った本物のチョコレートをここの店主に食べさせたいと熊吾はおもい、この店で売れるように仲介した。⑨巻

305頁　**沼津**《ぬまづ》**徳男**《とくお》　沼津さち枝（森井博美の勤めていた小料理屋の店主）の遠縁の者だと名乗って登場する男。昭和四十二年九月。おそらく詐欺師《さぎし》。名刺には和歌山県田辺市の住所があるが、職業は入っていない。最初「さち枝さんは、私の甥《おい》の従兄《いとこ》と結婚して沼津姓になりました」と言うが、年齢が若くないかと熊吾が言うと「叔父」と言い直す。

太った四十代の女を同伴してくる。⑨巻

314頁　熊谷洋子《くまがいようこ》　福島区の民生委員。大開町で煙草屋《たばこや》をやっている。荒物屋の川井浩の幼なじみで、川井は片思いしていたらしい。「亭主が戦死して、戦後は三人の子を女手ひとつで育て」る。昭和二十五年から民生委員をやっている。昭和四十二年に登場。⑨巻

352頁　追手門学院大のゴルフ部副キャプテン　伸仁と仲がいい大学の友人。小学五年生のときから「ゴルフ場でプレイ」していた「打破すべきブルジョワ階級」らしい。貸しもあるし、と伸仁が、柳田に頼まれた急なゴルフ場アルバイトを頼む。(9)巻

355頁　松坂亀造の父（回想）　熊吾の祖父。天保十年（一八三九年）生まれ。伊予宇和島藩の下級藩士だった。宇和島藩支配十組のうち、「御荘組を監督する役目」についていた。廃藩置県のあと「両刀を捨て、南予に田畑を買い、蜜柑《みかん》山も手にいれて百姓として生きたが、あれこれと慣れない商売に手を出して、亀造に家督を譲るときには」「元の半分ほどに減っていた」。(9)巻

382頁　同栄証券の秘書課の人　辻堂忠が社長を務める同栄証券の秘書課の人物。昭和四十三年一月に伸仁が辻堂を訪ねたときに応対した人。社長は松坂熊吾という人は知らないし、その息子さんとも会うことはないと申しております、と回答。ウソを言って

いるなと仲仁はわかった。⑼巻

434頁　マチス・メルテンス　木俣の出したピーテル・メルテンス宛《あ》ての手紙に返事をくれた彼の息子。ベルギーのブリュッセルで自分のチョコレート菓子店を持っている。その後、新婚旅行で日本に行くので案内して欲しいと連絡してきた。昭和四十三年二月京都駅へ迎えにいき、翌日、京都を案内する。⑼巻

447頁　須藤《すどう》病院の院長　具合が悪くなって運び込まれた熊吾を診てくれた医者。五十代前半とおもえる。「玉川町と西九条の中間の市電の走る道沿いにある」病院。⑨巻

453頁　吉川明郎《よしかわあきお》　仲仁のテニス部の一年後輩。同い年だが二年遅れで大学に入ってきた。長堀の材木商の次男。兄が死んで「家業を手伝っていたが、昔からいる番頭が仕事のできる人だったので」大学に進学した。仲仁と仲がいい。引っ越しの日、仲仁は冴子を梅田まで送っていったあと、電車がなくなったら吉川の家に泊まると言う。⑼巻

472頁　樋口健一《ひぐちけんいち》　須藤病院で熊吾の右隣のベッドに横たわっていた四十前後の男。「埃《ほこり》の匂《にお》いを撒《ま》き散らしているかに感じる大柄な男」。「優しい姪御《めいご》さんの世話が行き届いてる」と、森井博美のことを言う。森井博美と関係を持った模様。⑨巻

491頁　狭山《さやま》病院の院長「四十代前半の優しそうな目をし」た医師。「篤実《とくじつ》な話し方と、家族への配慮を窺《うかが》わせる表情」が房江の心に染《し》み入る。⑨巻

第九部　野の春

何度も登場しないが、印象に残る人たち

（「さくいん」への反映はありません）

第一部　流《る》転《てん》の海

20頁　背中に死んだ妹を背負ったままの浮浪児　昭和二十二年三月三ノ宮駅にいた浮浪児。海老原を訪ねようとした熊吾の前に立ちはだかり、熊吾に何か言ったがその声は聞こえなかった。帰りにも再び会い、熊吾は背中に背負うとる妹は死んどる、葬《ほうむ》ってやらにゃあいけん、と言うが、何も答えずに去っていく。

28頁　木戸久光　亜細亜《アジア》商会社員。まだ年若い。海老原に頼んだ粉ミルクを御影の熊吾の家まで届けてくれた。哺乳壜《ほにゅうびん》がなかったら飲まれへんと考えて探してもってきてくれた気の利《き》く男。新鮮な魚だけで作られた宇和島のかまぼこ十本を包んで渡すと何度も礼を言いつつ帰っていった。

40頁　八木沢徳次郎　戦前の熊吾の取引相手の一つ。姫路に住んでいる。「何遍裏切ら

れたやわからん」ような相手らしい。「B29が飛んで来よった、そこへ八木沢と俵木《たわらぎ》が、疎開《そかい》するけん金を融通してくれて頼み込みよった」。熊吾も宇和島に疎開しなければならなかったので八木沢には三百万円を預けた。戦後、井草が取り立てに向かう。

40頁　俵木徳三《とくぞう》　戦前の熊吾の取引先の一つ。城崎に住んでいる。八木沢と同じような相手らしく、同じように空襲のさなかに金を貸してくれというので二百万円を預けた。戦後、井草が取り立てに向かう。

240頁　山下の姑《しゅうとめ》（山下則夫の母）　房江が最初に結婚した山下則夫の母。別れ話のとき、房江が身を寄せた姉夫婦の家で息子に向かって「お前もこれだけ嫌われて、もう未練たらしいこと言わんとき」と言い、房江には「子供はうちのもんでっせ」と言って、房江の息子・正則を抱いて帰っていった。

294頁　御影の屋敷のもとの持ち主の女房　熊吾の御影の家のもとの持ち主。房江とそう歳の違わない、上品な女性。亭主は松坂商会を始めるときに世話をしてくれた人で、昭和十五年の二月に新町の料亭の便所で卒中で死んだ。熊吾が彼女の家の売買話をまち川でやり、房江は見合いだとおもってしまう。

301頁　奈良のホテルの支配人　熊吾が婚前に房江を連れていったホテルの支配人。「奥様ご同伴でお越し下さい」と頼んでいた、と挨拶《あいさつ》に来る。

305頁　ホテルの庭師のひとり息子　熊吾が遊んでやる十二歳の男の子。知恵遅れで学校にも行けない。でもときどきはっとするくらいの賢いことを言う。兵隊にとられんで済むからよかった、と熊吾は言っている。

352頁　富岡一等兵　軍隊で辻堂と同じ部隊にいた美学科の学生、ルネッサンス美術の研究をしていた。昭和二十年、ミンダナオ島での戦闘のおり、上官の命で辻堂に代わり米兵を斬首《ざんしゅ》させられた。その罪で昭和二十三年五月五日に戦犯として絞首刑となる。

394頁　誤診で死なせた娘の両親　城崎のさらにまだ奥の田舎の村で、熊吾が偽医者をやっていたとき、破傷風で死んだ娘の両親。働き者。娘は日射病で死んだという熊吾の誤診を信じ切って、熊吾が村を逃げ出すときも見送りにきてくれた。

429頁　淀屋橋の松坂商会の土地を買った男　淀屋橋の土地にもっとも高額をつけ、現金で買った男。四十五、六歳、自称・工具製造業、あくどくのし上がった感じの男。世話になった建築工具メーカーを自分のものにした話を美談じたてで話していった。

第二部　地の星

19頁　僧都川の鮎《あゆ》　房江は僧都川の鮎を手で捕まえるというので噂《うわさ》になる。繰り返し扱われる。二巻一九頁、六二頁、八一頁、九七頁、一〇二頁、一六一頁、一六六頁、二

○七頁、二七九頁、四四七頁、四九四頁で登場。あと四巻五五二頁、九巻一六三頁でも話題となる。捕まえた鮎は姑のヒサが自慢げに売って小遣いにしていたらしい。

34頁　**喜助のじいさま**　熊撃ちの銃を持っている。その銃を借りて熊吾は魚茂牛を撃ち殺した。家業は豆腐屋。最近になって家業を再開した（昭和二十六年）。

100頁　**野崎のじいさま**　南伊予の木こり。昭和二十六年四月に数えの九十で亡《な》くなった。並外れた腕で、大木を切り出すとき、なくてはならない存在だった。力自慢の男五人より、じいさま一人に任せたほうが仕事は速かった。

129頁　**桑田のまあちゃん家《ち》の曾祖母《そうそぼ》**　九十二歳（昭和二十六年）。伸仁が落ちた野壺《のつぼ》のある畑の持ち主。あの野壺は、明治三十七年に七歳の熊吾が落ちて以来、誰も落ちちょらん、と言う。あのとき、死んだうちの父さんと二人であんたを洗うたんやが覚えとりゃせんやろのお、と言われ、熊吾はばつの悪いおもいをする。

143頁　**万崎《よろずざき》栄良**　宇和島を地盤とする愛媛県県会議員。魚茂と熊吾を旅館に呼んで、票を売ってくれと横柄《おうへい》に頼んできた。熊吾は目の前の卓のうち、持って帰って食べられそうなものだけはよけて、卓をひっくり返した。

177頁　**谷山節子の従弟《いとこ》夫婦**　金沢に住む節子の印鑑を勝手に持ち出して借金をしてしまい、節子はそのせいで経営していた書店を手放すことになった。従弟は離婚して、いまは新興宗教の教祖の妹と暮らしているという。

187頁　大竹　城辺《じょうへん》の町役場に勤める男。熊吾の遠縁。熊吾が金沢から房江に「もう殴らん」との電話をしたときに取り次いでもらった。役場の連中に電話を切らすな、切ったら、切ったやつを捜し出して、八つ裂きにして、海にばらまくと言われ、あわくって、房江を呼びに行った模様。

338頁　野沢政夫の母親　金を目当てに熊吾にいちゃもんをつけてきたので、熊吾は一計を案じ、のち自ら熊吾に罪はないと警察に訴えにいくはめになる。

344頁　唐沢政市《まさいち》とイツの三人の子　深泥《みどろ》に住んでいる唐沢の叔父の孫。長男十三、次男十二、長女十歳。伸仁とまたいとこになる。四歳の伸仁をうまく遊ばせてくれる。

348頁　唐沢家の天井裏に住む青大将　深泥の従弟《いとこ》・唐沢政市の家の天井裏に住んでいる蛇。ときどき這《は》う音が聞こえる。房江は嫌うが、唐沢家では家族だとおもっている。

412頁　自転車店の隣の老婆　熊吾の従兄が経営していた自転車屋の隣に住む老女。かつては干物類を商っていた。息子が戦死し、主人も病死してひとり暮らし。宇和島の長女の家に移るために熊吾に二十二坪の土地を売ってくれ、この土地をもとに熊吾は「土地の挟み将棋理論」をふりかざすことになる。

426頁　役場の登記係と助役　熊吾の「土地所有者の挟み将棋理論」を真に受け、いろいろ調べ、宇和島の役所にまで問い合わせ、ひと騒動を起こす。

426頁 **宇和島の登記係** 役場の助役が挟み将棋理論は本当かと問い合わせたところ、あんたは頭がおかしいのか、ようそれで助役が務まっちょるもんよ、と助役に言った男。

443頁 **宇和島のカフェーの女給** 魚茂の長男が出征前に遊んだ女。そのとき長男が「魚茂牛が他の牛に負けたり、毒以外の方法で殺されたりしたらお前と結婚する」という誓約書を書いた。熊吾が魚茂牛を殺したあとに兄と称する男と一緒にやってきて、金をせしめる。

446頁 **和田茂十の妻の兄** もと宇和島藩の重臣につながる家系。茂十に、政界に打って出る約束はどうなっているのか、と催促してくる。また房江が川で魚を手づかみにしているのを知り、男を誘うちょるのよ、と言ったので、和田茂十は灰皿でその義兄を殴った。

452頁 **宮崎タツ** 宮崎猪吉巡査の母。熊吾が父の墓参りにきたときに会う。八十四歳。伊佐男の母のことと、彼女が息子を殺そうとしたのを熊吾の父が止めた話をしてくれたので、熊吾は涙する。

489頁 **一本松の尋常小学校の天体観測が好きな先生** 熊吾の小学校のときの先生。熊吾の卒業直後に、農家の嫁を一方的に好きになり、片思いのまま、宿直室で縊《い》死《し》した。

何の関係も持たなかったがその嫁は離縁された。

496頁　中之島のビルと土地の持ち主と周旋屋　昭和二十七年から熊吾たちが借りることになる中之島のビルの持ち主。戦争中に広島に疎開して消息を絶った。原爆投下のふた月ほど前に、このまま疎開先にいるつもりだと売却を依頼してきたが、その後、消息不明になった。原爆で一家みんなが亡くなったのではないか、と周旋屋や熊吾たちは推測している。周旋屋は持ち主が行方不明だということを承知で熊吾たちに貸してくれた。

第三部　血脈の火

8頁　九条のキリスト教系の幼稚園の園長　左利きの伸仁を治そうとした園長。それがもとで伸仁は神経症となったので、熊吾は幼稚園に怒鳴り込んだ。そのあと、遠回しに退園して欲しいと房江に言ってきた。

45頁　喫茶店で共産ビラを撒《ま》く青年　熊吾がいた喫茶店で、共産主義は庶民を救うというビラを撒いていた三人組の青年たち。熊吾は、いま失恋して死のうとしているが共産主義は何をしてくれるかと聞くと「その質問を、資本主義に対してなさってみてはいかがです？」と返してきた。

96頁　玉川町のおでん屋の耳の聞こえない亭主　熊吾が馬引きの坂田に連れられて入った店の亭主。うまいおでん屋。マメ（牛の腎臓）も旨《うま》い。地雷の爆風で左の指が三本ちぎれ、両方の鼓膜が破れ耳が聞こえなくなっている。客は棒で壁にある品書きを叩《たた》いて注文する。観音寺のケンが来たとき、あまりかかわりあいにならないほうがいいのではないか、という目で熊吾を見ていた。熊吾が金を払って店を出ると、お代はケンが払ったからいらないと追いかけてくるやさしい人柄。

259頁　奇妙な神主　杉野の家の裏の神社の神主。頭が少しおかしいという。五十すぎという話だが熊吾が見かけたとき、六十五、六歳くらいに見えた。無数のラムネ壜《びん》を土に突き刺している。枯れた花だがいい種が残ったのであげましょうと熊吾にラムネ壜を手渡す。かつては古事記の研究会などをやっており、大学で教えられそうなくらい古典の素養も大変なものだったが、戦争が終わる半年前からおかしくなったという。

289頁　青いベレー帽の女　共産主義者の琴井鉄次に留守番を頼まれた女。大量の接着材が無駄になったあと、連絡を取るために城東区の琴井鉄次のアパートを訪ねたときに出会った。険のある目つきの、頬骨の尖《とが》った若い女。共産主義者らしい。後をつけた熊吾に、もう琴井はあの部屋には帰ってこない、と言う。

364頁　伸仁の学校でいじめられている女子　熊吾が伸仁の小学校に行ったとき校門のと

ころで見かけた女の子。つぎはぎの服、やぶれたズック靴で、小石を投げられていた。投げている少年らになぜ投げると聞くと、臭いねん、と言う。熊吾は女の子にいじめられたら、噛《か》みついちゃれ、と言うが、何も言わずに少女は去っていった。

439頁「ふなつ屋」の最初の客　熊吾が始めたきんつば店ふなつ屋で開店直後の朝十時に買ってくれた最初の客。昭和三十年一月七日。自転車の荷台に機械の部品を積んだ十六、七くらいの少年で、坊主《ぼうず》頭で油まみれの作業服を着ている。いったん船津橋を渡りかけたが戻ってきて「一個でも売ってくえるかなァし」と声を掛けてきた。その言葉は、伊予かのお、と熊吾が聞くと八幡浜《やわたはま》と答える。金は次からでええから、ここを通ったら、ふなつ屋のきんつばを買《こ》うてやんなはれ、と声を掛けた。彼は、ここは、毎日通るけん、と微笑《ほほえ》んだ。

472頁　内村鍼灸院《しんきゅういん》の鍼灸師　十三《じゅうそう》にある鍼灸院の、四十過ぎのごく普通の勤め人といった感じの鍼灸師。昭和三十年五月、小三にもなって寝小便が治らない伸仁を熊吾が連れてきた。五寸釘《くぎ》より長い鍼《はり》を左右の内股《うちまた》に刺した。これで大丈夫やとおもいますよ、と言われ、実際、寝小便をしなくなる。我慢している伸仁をみて、自分も膝《ひざ》の痛みのための鍼を刺してもらう。帰り道で伸仁をお前はえらいやつじゃと褒める（三巻四七二頁）、昭和三十八年三月、高校生の伸仁と取っ組み合いをしたとき、熊吾は膝を痛め、仲仁が小三のときに鍼灸院に行った話をする。「あの鍼師のとこへ行くほうがええような気がするが、名前も場所も忘れっしもた」（七巻三四〇頁）。

476頁　熊吾に殴られたタクシー運転手　昭和三十年五月、十三から淀の競馬場へ行こうと乗ったタクシーの運転手。「お孫さんをつれて競馬でっか？」と声をかけてきて、女房の親戚《しんせき》が淀の競馬場で働いていて、母馬の血統が大事だという話を延々とする。静かにしてくれと言ったあとも、「お孫さんは、大将の娘さんのお子さんでっか？　もしそうやったら、大将に似まっせ」と喋《しゃべ》りつづけるので、うるさい！　と熊吾が平手で後頭部を殴り、桜宮《さくらのみや》の近くでタクシーは歩道に乗り上げて銀杏《いちょう》の木に衝突した。首をしめあげたあと、再び走らせるがパトカーが前後からやってきて停められる。熊吾は仲仁ともども曾根崎署につれていかれるが元警官の杉野信哉に連絡をしてくれ、と言い、お咎《とが》めなしで放免される。杉野の話によると最初の一一〇番通報でタクシー強盗だと出勤したらしいが、現場に着くと紳士と子供が客だったので、運転手が悪質で客に何かをしようとしたのではないか、と疑われたらしいとのこと。

510頁　子供を助けようと川に飛び込んだ男　昭和三十年五月、土佐堀川で近江丸が炎上したとき、現場に居合わせた野次馬の一人。「俺は河童《かっぱ》や。まかせとけ」と欄干に立ち、もう手遅れやで、と制止されるも「子供がいてるんや、指くわえて見てるわけにいくかいや」と川に飛び込んだ勇敢な男。「達者な泳ぎで船の二十メートル近くまで行った」が、「火勢のすさまじさで、それ以上近づくことができず、立ち泳ぎをつづけるばかりだった」。

第四部　天の夜曲

139頁　仲仁小三のときの担任の教師「家庭訪問と称して、平華楼で飲み食いをし、あげく自分の後輩の大学生を仲仁の家庭教師に斡旋《あっせん》して、その月謝のうわまえをはねようと」していた。その泥棒根性を熊吾に指摘されたとたん、仲仁に連日、居残り授業をうけさせた。

139頁　仲仁の土佐堀川での家庭教師　宿題をさせながら新聞ばかり読んでいる。終わったあと平華楼でビールと中華料理を食べるために来ていた。担任の教師の後輩。彼が来る日は仲仁に蕁麻《じんま》疹《しん》が出た。

191頁　倉田百合の父　自分の表札を掛けられる一軒家を借りて、すぐに死んだ。百合は七つだった。死んでから表札屋が「倉田」という表札を届けてくれたが、すぐに「その家から出て行かなあかんようになって」使わんままだった。だから百合は一軒家に住んだら表札を作ろうと決めていた。

191頁　倉田百合の兄　十五のときから行方不明、再会したときは二の腕から背中一面に刺青《いれずみ》を彫っていて、酒とヒロポンなしでは一日とて生きていられないありさまだった。百合は兄にひどいめにあわされつづけたが兄は二十五歳で死んだ。

230頁　太陽族の若者　再会した磯辺と入った喫茶店にあとから来た若者たち。夏でもないのにアロハ・シャツに黒眼鏡の四人だったので、磯辺が、あれが太陽族ですと教えてくれた。昭和三十一年の六月のこと。

237頁　縁日の提灯屋《ちょうちんや》　堂山町《どうやまちょう》の縁日で提灯を売っていた七十近い小柄な男、歌舞伎《かぶき》文字で名入れしてくれ、また五十円払えば似顔絵も描いてくれる。同行していたヌード・ダンサーの西条あけみが欲しがるので、熊吾が買ってやろうとするが、金は磯辺が出した。買った小田原提灯にローソクをいれようと熊吾とふざけているうちに、西条あけみの抱えていたキューピー人形に火がついてしまう。

275頁　戦争中には元町にあった老舗《しにせ》の洋食屋の若い主人　三宮に移転した、もとは元町にあった老舗の洋食屋の主人。三宮空襲の二日後には店を閉める予定だったのだが、空襲で父と母と兄が亡くなった、彼と姉は疎開していて助かった、と話してくれた。海老原太一に関の孫六を売った直後に熊吾が入った店。

371頁　長崎行き夜行で一緒になった若い勤め人風の男　寝台車の向かい側の律儀《りちぎ》そうな

客。岡山駅で起きたときに熊吾と少し話す。原爆のときは十五歳で諫早《いさはや》にいたので、とんでもない爆弾が落ちたのは知らなかった、翌日の朝に黒い雲が流れてきたと言う。彼に長崎での宿「取引先の人間が長崎に出張してくると必ず泊まる」良心的な宿を紹介してもらう。彼の被爆した上司は、原爆の翌年にも小川にメダカが泳いでいるのを見て、メダカになりたいと思いながら泣いた、と話してくれた。

418頁　長崎の大学病院で森井博美の二人前に診察してもらっていた少女　十五歳の少女。原爆で、鼻から唇、喉《のど》に溶けたガラスが食い込んで、一年後に取り除かれたが、見るも無惨《むざん》な傷跡が残っていた。この少女はいつ死ぬかもしれないという恐れとともに生きていると博美は言う。彼女は一人では歩けず、母と祖母に支えられていた。

571頁　雪見橋たもとの商人《あきんど》宿の老婆《ろうば》　富山に来た最初の夜に泊まった旅館。再び泊まると、老婆が一人でやっていた。腰が大きく曲がっている。息子が半月前に脳溢血《のういっけつ》で倒れ、元に戻らないからあさってこの宿は店仕舞いする、と言った。

第五部　花の回廊

47頁　食堂「つばめ」の主人　四つ橋筋にある、自分でおかずを取って食べる型の大衆食堂「つばめ」の主人。谷山節子が井草正之助からお金を預かっているなら返してもらおうとおもって熊吾が手紙を書こうとしたとき、文房具店の場所を聞いたら教えてくれたがもう閉まってると言い、「安物でよかったら、うちにあるのを使いはったらどうでっか」と言ってくれた親切な亭主。

145頁　**桜田ヨシ子**　丸尾運送に昭和三十二年八月から勤める女事務員。千代麿の妻ミヨが事務作業から身を引いた際に雇われた。戦争未亡人で二人の子持ち。三十五歳だが生活疲れで四十代半ばに見える。簿記ができるが、そのやり方は「専門的すぎて、肝心の私にようわかりまへんのや」と千代麿は言う。名前は一回しか出てこない。

210頁　**徳島県と香川県の県境の村の北の入り口の村人**　杖《つえ》をついた老婆に愛媛県の城辺に行くにはどっちに行けばいいかと聞かれたと証言する男。中村音吉が確かめに行ってくれた。

238頁　**国道沿いで月村敏夫を蹴る三人の少年**　十五、六歳の少年三人。敏夫を蹴り、ひとりが馬乗りになって殴り、西へ走り去るのを房江がバスの車中で見ていた。そのあと敏夫は落ちたたこ焼きを拾っていた。

254頁　**井草トシコを訪ねた奇妙な男**　「物腰の柔かい、丁寧な口調の」四十代の男。おそらく海老原太一の手先。井草さんには世話になり、俳句の仲間でもあると言って遺品を見たがる。あきらかに俳句ではなく「挟まったもの」を探している模様だった。

名刺はどうしたかとも聞く。その後、不審に思った井草の妻は遺品を探り、海老原太一が井草から五十万円を預かったと昭和二十二年九月十三日付で裏書きされた名刺を見つけて、熊吾を訪ねる。

291頁　甲田愛子　甲田が抱いていた一歳の娘。自分から抱いてくれというように熊吾に両手を差し出し、熊吾は胸に抱く。人見知りが強いのにこんなのは初めてだと父が言う。熊吾の口髭《くちひげ》を触りたがる。

346頁　フィリピンで二十二歳で戦死した陶芸家　フィリピン群島の小さな島で戦死した陶芸家の青年。昭和十九年に召集令状が来た翌日、京都から亀井のところへ自らが焼いた茶碗《ちゃわん》を届け「望郷」と銘する。亀井はやかんのホンギにそれを譲り、ホンギは驚く。

370頁　モータープール裏のお好み焼き屋の女主人　六十過ぎ。昔は花街にいただろうあだっぽさがある。通りすがった房江が初対面の挨拶をしたときF女学院の火事のときの話になり、焼け太りでっか、と下卑たことを房江に言うので、その後は忌避する。昭和三十三年三月六日。

404頁　張本のアニイがタネのお好み焼き屋につれてきた男　心斎橋に出来たおいしいお好み焼き屋の場所を房江に教えてくれた。三人組の一人。人を二人殺しているが刑務所を八年で出てきたと、あとで張本に教えられる。「法律てどうなってんねんやろ……」と張本のアニイは言う。

431頁　**公園にいた幼稚園児らしき二人の男の子**　ホンギを面接のためカメイ機工へ送ったあと、近くの公園で熊吾がひとりごとを言いながら新聞を読んでいたら「おっちゃん、アホちゃうか」と声をかけてきた男の子二人。熊吾が「いかにも左様。このおっちゃんはアホでござる。貴殿らは、なんでそれがわかったのでござるか?」と答えたので、走って逃げた。

454頁　**カメイ機工の女事務員**　ホンギに文字の書き順が違うのではないかと言ったら、正しい書き順を教えてくれと言われ、自信がなくなり、総務部長もまきこみ、何とか教える。総務部長は「張り倒されるのかと思たな」と言う。その話を聞いて、熊吾はホンギが受け入れられているいい職場だとおもう。

第六部　慈雨の音

110頁　**雀荘《ジャンそう》「丸栄」の主人**　煙草《たばこ》のやにで歯が黒くなっている禿《は》げ頭の主人。熊吾の勝ち札三枚ぶんを抜いて「これはノブちゃんへの……分け前でんねん。お父ちゃんには内緒でっせ」と房江に言う。なんのことかときくと「たいしたことやおまへん。心配ご無用です」と言った。

308頁 坂田康代を妊娠させた男 二十七歳。ここいらのやくざの使い走りをしていたが、近いうちに北朝鮮に行く船に乗るはずと磯辺が語る。

312頁 鯉《こい》のぼりを売っていた阪神裏の古着屋 店頭で鯉のぼりを畳んでいた。真鯉がなく、「緋《ひ》鯉《ごい》と子鯉だけや」「どないや、買えへんか？」と熊吾に言うので、月村兄妹をどう見送ろうかと考えていた熊吾は買い取る。千三百円で仕入れたと言われ、熊吾は千五百円払う。緋鯉が五尺、子鯉が三尺、吹き流しが七尺とのこと。「おおきに。こんどは真鯉だけ捜して置いときまっさかい」と声をかけてきた。

321頁 出入橋のところにいるならず者 出入橋のところに、「雨の夜も風の夜も、真夏でも真冬でも」いる男。自分の椅子《いす》をもってきて腰掛けて「通るやつをじろっと睨《にら》」んでいる。牛ちゃんの店主はポン引きやろと思って酔ったときにひやかしたらすごまれて、顔を覚えられて、絡《から》んできますねんと困っている。客に聞いたらポン引きやなさそうで、そいつにからまれるのがいやで、熊吾の帰りが同じ方向なので、一緒に帰ってもらえないかと頼まれる。

324頁 富永信介の父 松屋町の人形店で十三の年から六十まで奉公していた。「五十歳が定年やのに、六十まで働かせてもろ」たのはありがたいが、退職金があまりに少なく、父も母も「三、四日口もきかれんほど落胆して」いた。でも、初孫が生まれ、「孫に何かを買ってやれたら」と、屋台でわらび餅《もち》を売っているという。そんなしんどいことせんとと家族は言うが、「これでもちゃんとお得意さんができたんやて嬉《うれ》しそうに」売りに出る。その話を聞いて、俺もこつこつやろうと熊吾はおもう。

364頁　**生駒山で鳩《はと》を盗む男**　より多くの群れに合流する、という鳩の習性を利用して鳩を盗むために三百羽近い伝書鳩を飼っている男。名前もわかっているが、体が大きくて乱暴で、たいていの者は泣き寝入りしている。連れ帰った他人の伝書鳩のアルミの管をはずして、偽物《にせもの》の管につけかえる。池内兄弟もやられた。

399頁　**大阪駅の切符売り場の親切な駅員**　クレオを放しに余部《あまるべ》へいくために伸仁が時刻を聞きに行ったとき「大阪、城崎、餘部の往復の発着時刻三通りを紙に書いてくれた」親切な駅員。

468頁　**看板屋の父の柔道家**　看板屋のおっちゃんの父で六十八歳、講道館の師範をやっていた。小学生や近所の商店の若い人ら全部で十五人くらいが柔道を習いにきている。中学生は火曜と木曜の夜八時から九時までで、それを習いにいきたいと伸仁が言う。熊吾は承諾する。

441頁　**桐子《きりこ》**　木俣敬二が雇っていた女事務員。妻のある木俣とできていた。青桐が好きで、名前も桐子。女房にばれかけたころに桐子が妊娠したので、木俣は子供をおろして別れてくれと頼んだ。そうしたら、とびきり優しい目で笑って「心配せんでも、子供は産まれへんよ」と言い、そのあくる日、首を吊《つ》った。と、熊吾の店に忍び込んで線香をあげようとした木俣が語った。

第七部　満月の道

8頁　辰巳《たつみ》　シンエー・タクシー福島西通り営業所の運転手。熊吾が昭和三十六年十一月十一日に鷺洲のハゴロモから堂島大橋へ行くときに乗った。言いにくそうに頼みがあると言われ、中三の娘がいるのだが、去年の夏に妻を亡くし、娘に今日発売の「40年間お待たせしました！　アンネナプキン」を買ってきてくれと頼まれたが、恥ずかしくて買えないので、熊吾に代わりに買ってきてくれないかと頼む。あきれつつ熊吾は買ってきてやる。

90頁　房江のペン習字の添削者　添削だけではなく「心のこもった感想」も書いてくれる。「いまの松坂さんのペン字は、最初に当会に送られて来た字とは天地雲泥《うんでい》の差です。その上達ぶりは、当会会員のなかでも五指に入るものです。残りのコース、どうか頑張って、修了証書を得て下さい」と便箋《びんせん》に書いて送ってくれた。房江はとても嬉しがる。

145頁　トクちゃんのお父ちゃん　息子の（水沼）徳が京都の螺鈿工芸師・守屋忠臣への弟子入りを懇願したとき、人を使うて一銭も払わんようなやつが信用できるか、と怒鳴りまくった。

183頁　朝井　シンエー・タクシーの運転手。「神田三郎がもう三回も車をぶつけた」話で三つめにあげられている。「梅田新道の交差点のど真ん中で」エンストを起こして、「四方八方から怒鳴られたりクラクションを鳴らされたりし」たとき、神田は泡を食ってあせって前にいた朝井のタクシーに追突した。朝井は運転席から降りてぶつけたクルマのところへ行って怒鳴ろうとしたら神田なのでびっくりして「お前、免許証、あんのか？　無免許やったら、ポリが来《こ》んうちに、早《は》よう福島営業所まで行けェ」と言ってくれた。

187頁　伸仁の富士登山の引率教師　昭和三十七年七月二十五日、伸仁の学校の希望者だけで行く富士登山を引率する「大学時代に山岳部員だった若い教師」。熊吾が伸仁を送りがてら、信用できる男かどうかを見に来た。ひとめ見て「あの責任者は、自分を色男じゃと思うちょる。山登りには不向きじゃ。あいつが登れとはっぱをかけたら下れ。下れと言うたら登れ」と伸仁に言う。

255頁　石油を売っている店の主人（回想）　房江十七、八歳のころ（昭和三、四年ころ）婦人雑誌に石油を飲めば結核に効くとあったので（結核にかかったとはおもっていなかったが、何か不安があったからだろう）石油を売っている店に行って、わけを話して買おうとしたとき、「そんないんちき療法に騙《だま》されるとかえって寿命を縮めるぞ」と言いつつコップ一杯の石油を持ってきてくれた店主。店のものや近所の商店の人を呼んで見守るなかで、房江はほんの小さい猪口《ちょこ》二杯ぶんくらい飲み、それで治った、と小谷医師に説明している。小谷はただ不思議がる。でもそれから胃が弱くなった、あれが原因だ、と房江は信じている様子。

第八部　長流の畔《ほとり》

38頁　大正区三軒家の河内モーター近くのギョーザがうまい中華料理屋　昭和三十八年五月ごろに開店した店。ギョーザと聞いて、「日本の中華料理屋でもギョーザを作るようになったのか？　中国じゃああれは何かの祝い事のとき、夜に食うもんじゃぞ。大きなセイロで蒸すけん、五つや六つだけ作るっちゅうことはせんはずじゃが」と熊吾は言う。「上海の屋台でよう食うたが、中国の伝統的な家庭料理じゃ」「焼いたギョーザなんて、わしは上海におったころ一回も見たことはないがのお」とも。河内は喜んで食ったが、熊吾はいまひとつ納得しなかったもよう。

189頁　国電西九条駅近くの理髪店の主人　客は一人もいなくて主人は新聞を読んでいて、入口に「四十分で自然な毛染め」とあったので熊吾は入る。「ほんまに四十分で染められるか？」と聞いたら、「きっかり四十分で染め終わりまっせ」と答えるので、やってもらう。黒くなったが、かえって老《ふ》けたと自分でおもう。それが昭和三十八年の九月。同年十一月二十三日午後、少し時間があいたので熊吾はまた白髪染めに来る（二七六頁）。テレビはどのチャンネルもケネディ暗殺を伝えていた。銃声は何発聞こえた、ケネディはなんで最初に喉をおさえとるんじゃ、当たった弾はどっちから飛んできたんじゃ、と熊吾が聞くので理髪店の亭主は「おたくさんは刑事みたいでんなあ、テレビ局に行って訊《き》きなはれ」と言う。あんたは戦場経験はないのか、と聞くと「徴兵はされましたけど、戦地に送られる前に日本は無条件降伏です。玉音放送は四日市で聞きました」と言った。

191頁　丹下の家の近くのおいしい天麩羅《てんぷら》屋の主人　丹下と入った天麩羅屋の八十に近いとおもわれる禿げ頭の主人。年上女房で、奥さんは八十三です、親父《おやじ》さんの三倍ほど元気ですねんと丹下が言うと、「あれは死にまへんで」と主人が言う。「一本、つけまひょか？」と聞いてくれる。

262頁　練り物を売る店の主人　デンちゃんの飼い主　福島天神の先のほうの小さな市場の奥にある店。「ちくわや蒲鉾《かまぼこ》やごぼ天など」を売る店で「熟練のヘラさばきでごぼ天を作っている痩《や》せた主人」。デンちゃんはこのごろ歳を取りましたね、と房江が声を掛けると「おととい、死にましてなあ。家内が知り合いから貰《もろ》うて来てからちょうど十年です。四、五日前からなんにも食べへんようになって、犬小屋から出てけえへんまま死によりました。寿命ですかなぁ」と言った。房江は「地の底に引きずり込まれて行くような絶望を感じた」。この日は昭和三十八年十月二十八日なので、デンちゃんが死んだのは十月二十六日。

337頁　桐生才蔵《きりゅうさいぞう》　大槻商会の名刺を持っている手形の割り屋。背広の上に革ジャンパーを着て、革製の手提げ鞄《かばん》を持っている。横柄な口をきく。最初はモータープールに来てただ熊吾の居場所を聞いただけ（昭和三十九年三月十日）。翌月、房江は浄正橋《じょうしょうばし》の交差点で桐生に腕をつかまれ、あんたの亭主はどこで寝泊まりしてるねん、と聞かれる。今年の一月と二月に切った半年手形をどうするねんと言いよってくる。

343頁　大正区大運橋にある犬猫処理場の入口にいた男　昭和三十八年三月に処理場に行った伸仁が一か月ほど経《た》ってから房江に話した。「飼っている犬が死んだ」と言うと、「そこに置いとけ」と壁際《かべぎわ》を指さした男。近くに犬の目玉が転がっていた。

344頁　堀井《ほりい》　パブリカ大阪北に集団就職で山口県から来た少年。柳田商会の寮の隣にできたパブリカ大阪北の寮に住んでいる。坊主頭。壁にかかっている服のポケットに手を入れていた。それを房江が見かける。

346頁　新井《あらい》　昭和三十九年四月二十日にモータープールに来た手形の割り屋、ないしはそこから頼まれた取り立て屋。どうやら島田ユーズドカーの不渡りを持ってきているよう。最初は物腰柔らかだったが、伸仁が帰ってくると、挨拶せんかい、このくそ餓鬼があ、と怒鳴り、うちの若いのが毎日学校の正門の前で立っててもええんか、と脅す。房江が警察に通報しようとおもったとき、すっと帰っていった。「四十半ばだが、この世界では場数を踏んできたのであろう」と房江はおもった。

第九部　野の春

118頁　八木沼《やぎぬま》先生　伸仁の通う大学の生物学概論の先生。蜘蛛《くも》の研究では日本有数の学者。いまは女郎蜘蛛の一生についての講義がつづいている。

172頁　うずら売りのじいさん　上海時代の熊吾の知り合い。肥えたうずらが入ると熊吾に売りに来た。熊吾はいつも三羽買った。周と張とのぶんで九羽を届けておいてくれと頼んだとき、いつもは愛想がいいのに、大儀そうだった。うずらを売ったあと、バンドから離れた狭い路地の手前で倒れて死んでいた。周りの住人が気付いたのは夕方になってからだった。

380頁　**金を盗んでいた十八歳の工員**　パブリカ大阪北修理工場の工員。柳田商会の寮に忍び込んで一万円札を抜き取ろうとしている現場を佐古田におさえられる。柳田社長は自主退社という形にした。伸仁が犯人ではないかとの疑いがこれで晴れた。

主要登場人物年齢早見表（房江以外は、その年に迎える満年齢）

西暦	昭和	巻数	熊吾	伸仁	房江	明彦	千佐子	美恵・正澄	千代麿	麻衣子	森井博美
		生年	明治30	昭和22	明治43	昭和13	昭和21	昭和27	明治42	昭和9	昭和3
1947	22	1巻	50歳	誕生	36歳	9歳	1歳		38歳	13歳	未登場
1948	23		51歳	1歳	37歳	10歳	2歳		39歳	14歳	
1949	24		52歳	2歳	38歳	11歳	3歳		40歳	15歳	
1950	25		53歳	3歳	39歳	12歳	4歳		41歳	16歳	
1951	26	2巻	54歳	4歳	40歳	13歳	5歳		42歳	17歳	
1952	27		55歳	5歳	41歳	14歳	6歳	誕生	43歳	18歳	
1953	28	3巻	56歳	6歳	42歳	15歳	7歳	1歳	44歳	19歳	
1954	29		57歳	7歳	43歳	16歳	8歳	2歳	45歳	20歳	26歳
1955	30		58歳	8歳	44歳	17歳	9歳	3歳	46歳	21歳	27歳
1956	31	4巻	59歳	9歳	45歳	18歳	10歳	4歳	47歳	22歳	28歳
1957	32	5巻	60歳	10歳	46歳	19歳	11歳	5歳	48歳	23歳	29歳
1958	33		61歳	11歳	47歳	20歳	12歳	6歳	49歳	24歳	30歳
1959	34	6巻	62歳	12歳	48歳	21歳	13歳	7歳	50歳	25歳	31歳
1960	35		63歳	13歳	49歳	22歳	14歳	8歳	51歳	26歳	32歳
1961	36	7巻	64歳	14歳	50歳	23歳	15歳	9歳	52歳	27歳	33歳
1962	37		65歳	15歳	51歳	24歳	16歳	10歳	53歳	28歳	34歳
1963	38	7巻 8巻	66歳	16歳	52歳	25歳	17歳	11歳	54歳	29歳	35歳
1964	39	8巻	67歳	17歳	53歳	26歳	18歳	12歳	55歳	30歳	36歳
1965	40		68歳	18歳	54歳	27歳	19歳	13歳	56歳	31歳	37歳
1966	41	9巻	69歳	19歳	55歳	28歳	20歳	14歳	57歳	32歳	38歳
1967	42		70歳	20歳	56歳	29歳	21歳	15歳	58歳	33歳	39歳
1968	43		71歳	21歳	57歳	30歳	22歳	16歳	59歳	34歳	40歳
			熊吾	伸仁	房江	明彦	千佐子	美恵・正澄	千代麿	麻衣子	森井博美

逆引き　昭和各年は文庫のそれぞれ何巻か

<table>
<tr><th>年</th><th>巻</th><th>章</th><th>その年の出来事</th><th>西暦</th></tr>
<tr><td>昭和22年</td><td rowspan="3">1巻</td><td>1〜5章</td><td>社会党片山内閣成立</td><td>1947</td></tr>
<tr><td>昭和23年</td><td>6〜9章</td><td>帝銀事件</td><td>1948</td></tr>
<tr><td>昭和24年</td><td>10〜11章</td><td></td><td>1949</td></tr>
<tr><td>昭和25年</td><td colspan="3"></td><td>1950</td></tr>
<tr><td>昭和26年</td><td rowspan="2">2巻</td><td>1〜6章</td><td>サンフランシスコ講和条約</td><td>1951</td></tr>
<tr><td>昭和27年</td><td>6〜9章</td><td>「破防法反対」運動</td><td>1952</td></tr>
<tr><td>昭和28年</td><td rowspan="3">3巻</td><td>1〜3章</td><td>スターリン死去</td><td>1953</td></tr>
<tr><td>昭和29年</td><td>3〜7章</td><td>力道山が大人気</td><td>1954</td></tr>
<tr><td>昭和30年</td><td>7〜8章</td><td>自由民主党の結党</td><td>1955</td></tr>
<tr><td>昭和31年</td><td>4巻</td><td>1〜6章</td><td>通天閣再建</td><td>1956</td></tr>
<tr><td>昭和32年</td><td rowspan="2">5巻</td><td>1〜4章</td><td>ソ連人工衛星打上成功</td><td>1957</td></tr>
<tr><td>昭和33年</td><td>4〜7章</td><td>（電気洗濯機を買う）</td><td>1958</td></tr>
<tr><td>昭和34年</td><td rowspan="2">6巻</td><td>1〜5章</td><td>皇太子ご成婚</td><td>1959</td></tr>
<tr><td>昭和35年</td><td>6〜7章</td><td>安保デモ女子大生死亡</td><td>1960</td></tr>
<tr><td>昭和36年</td><td rowspan="3">7巻</td><td>1章</td><td>所得倍増計画</td><td>1961</td></tr>
<tr><td>昭和37年</td><td>2〜4章</td><td>担保が融資条件となる大蔵省通達</td><td>1962</td></tr>
<tr><td rowspan="2">昭和38年</td><td>5〜7章</td><td rowspan="2">ケネディ暗殺</td><td rowspan="2">1963</td></tr>
<tr><td rowspan="2">8巻</td><td>1〜5章</td></tr>
<tr><td>昭和39年</td><td>6〜7章</td><td>東京オリンピック</td><td>1964</td></tr>
<tr><td>昭和40年</td><td colspan="3"></td><td>1965</td></tr>
<tr><td>昭和41年</td><td rowspan="3">9巻</td><td>1〜2章</td><td>北ベトナム空爆</td><td>1966</td></tr>
<tr><td>昭和42年</td><td>3〜6章</td><td>佐藤首相訪米阻止運動</td><td>1967</td></tr>
<tr><td>昭和43年</td><td>6〜8章</td><td>大卒初任給3万円超え</td><td>1968</td></tr>
</table>

（出来事は小説内の描写にあったものから）

さいごに

『流転の海』の連載が始まったのは一九八二年の『海燕《かいえん》』一月号（発行は一九八一年の暮れ）で著者・宮本輝は当時まだ三十代だった。

物語の最初、主人公の熊吾は五十歳である。

少し著者との年齢差があった。

それから最終巻第九部が発行されるまで三十七年の月日が経《た》った。

著者も七十代に入った。

また、このかつてない雄大な物語があつかっているのは、昭和二十二年から昭和四十三年まで、二十一年間の日本である。

二十一年の物語を書くのに、著者は三十七年の月日を要したのである。

これもまた雄大な時間の使いかたである。ひとつのものを三十年以上をかけて完成させるというのは、常人にできることではない。

やはり尋常ならざる物語である。

あらためて、各巻冒頭の「主人公の熊吾の年齢」と、その単行本が発行された奥付の年月の時点での著者の年齢を並べておく。

（熊吾の年齢から五十を引くと、その子「ノブちゃん」の年齢にもなる）

これを眺めているだけで、なにか胸に迫るような感慨を持ってしまう。

第一部　流転の海　熊吾50歳　一九八四年六月発行　著者37歳
第二部　地の星　熊吾54歳　一九九二年十一月発行　著者45歳
第三部　血脈の火　熊吾56歳　一九九六年九月発行　著者49歳
第四部　天の夜曲　熊吾59歳　二〇〇二年六月発行　著者55歳
第五部　花の回廊　熊吾60歳　二〇〇七年七月発行　著者60歳
第六部　慈雨の音　熊吾62歳　二〇一一年八月発行　著者64歳
第七部　満月の道　熊吾64歳　二〇一四年四月発行　著者67歳
第八部　長流の畔《ほとり》　熊吾66歳　二〇一六年六月発行　著者69歳
第九部　野の春　熊吾69歳　二〇一八年十月発行　著者71歳

堀井憲一郎

ら

り

ろ

わ

主要登場人物さくいん

この作品は新潮文庫のために書き下された。

宮本輝著

満月の道

流転の海第七部

昭和三十六年秋、熊吾の中古車販売店経営は順調だった。しかし、森井博美が現れた。やがて松坂一家の運命は大きく旋回し始める。

宮本輝著

長流の畔

流転の海　第八部

昭和三十八年、熊吾は横領された金の穴埋めに奔走しつつも、別れたはずの女とよりを戻してしまう。房江はそれを知り深く傷つく。

宮本輝著

螢川・泥の河

芥川賞・太宰治賞受賞

幼年期と思春期のふたつの視線で、人の世の哀歓を大阪と富山の二筋の川面に映し、生死を超えた命の輝きを刻む初期の代表作2編。

宮本輝著

道頓堀川

大阪ミナミの歓楽の街に生きる男と女たちの、人情の機微、秘めた情熱と屈折した思いを、青年の真率な視線でとらえた、長編第一作。

宮本輝著

幻の光

愛する人を失った悲しい記憶を胸奥に秘めて、奥能登の板前の後妻として生きる、成熟した女の情念を描く表題作ほか3編を収める。

宮本輝著

錦繡

愛し合いながらも離婚した二人が、紅葉に染まる蔵王で十年を隔て再会した——。往復書簡が過去を埋め織りなす愛のタピストリー。

流《る》転《てん》の海《うみ》 読《どく》本《ほん》

新潮文庫　み－12－49

令和三年四月一日発行

著者　堀《ほり》井《い》憲《けん》一《いち》郎《ろう》

発行者　佐藤隆信

発行所　株式会社 新潮社

郵便番号　一六二―八七一一
東京都新宿区矢来町七一
電話　編集部（〇三）三二六六―五四四〇
　　　読者係（〇三）三二六六―五一一一
https://www.shinchosha.co.jp

価格はカバーに表示してあります。

乱丁・落丁本は、ご面倒ですが小社読者係宛ご送付ください。送料小社負担にてお取替えいたします。

印刷・錦明印刷株式会社　製本・錦明印刷株式会社

ISBN978-4-10-134677-9 C0195